夢二途

李敏勇 著

目錄

序說：

夢的兩條路，淑世典範的心影

他們的夢還在嗎？
台灣人還有什麼夢？

寫下這兩行字句，結束了李登輝、彭明敏兩位跨越戰前、戰後兩個國度，在歷史之途留下夢之形跡的台灣人心影。

腦海裡，在台北賓館追思李登輝、在留言條寫下的話：「睿智政治家，博識台灣人」，交織彭明敏與他在不同軌跡平行、交會的時代像。

彭明敏在報紙抒說對李登輝的懷想，惺惺相惜的兩個人，從戰後青年時代就結識，同年同齡一樣具有知識與教養的淑世性。在二二八事件後的意義廢墟，起造夢想的精神城堡。近現代世界的進步性是他們憧憬的藍圖，他們的前行代大多被時代巨輪輾壓過，他們在裂痕裡尋覓光。

他們有夢，有台灣人在歷史際遇中知識份子、文化人的夢。有夢，是因為從被殖民到再被殖民，沒有台灣主體性的悲情，世界需要重新編織。

不同於戰後養成世代，文化上的稀薄性，過多以中國之名的虛飾名實，大多附庸於權力的奴僕，但李登輝、彭明敏象徵另一種形貌。

彭明敏的亮光先行亮起，浪漫的革命者正要吹起號角，就被狂風暴雨吹熄。繫獄、流亡，在海外顛沛；而李登輝在虎口裡小心翼翼，循序漸進，在關鍵的時刻出擊，建立功名。

在偶然中有必然；在必然中有偶然。

如果李登輝沒有因蔣經國之死、順勢成為總統，如果沒有披荊斬棘，再當了間接、直接選舉的兩任總統，他的歷史地位不會有他形成的高度。

戰後世代的我，以異議份子文學人，在一九八〇年代參與、見證政治改革運動，彭明敏的傳奇色彩早就在心裡印記著。一九九〇年代，他的返航，更有結識機會。他競選總統的一役，我也多所參贊。

我與李登輝的交誼則是他卸任總統的新世紀後。

二〇〇〇年，我應圓神出版社創辦人簡志忠之邀，出任機構社長。因爭取出版日本作家上冬子書寫李登輝的《虎口的總統》通行中文版權，與李登輝通信。因出版關於他的兩本書而結識，並有一些交往。我也因此參贊了與他有關的一些事務。

李登輝熱情，彭明敏拘謹。一較熱，一較冷。武士與紳士，入世與孤高的對比。比起戰後政治人物，兩人的知識與教養性，出眾不凡。

夢的二條路，是我心目中：李登輝、彭明敏人生的形影。新世紀之初，我開始編織他們的歷史之途、人間像。李登輝辭世之際，我想到主持他們兩人「跨越兩個國度的人生」世紀先覺對談的記憶。將編織的構圖形塑於文字，成為《夢二途》，作為對李登輝的致意，也是對彭明敏的寄語。

以歷史小說的形式呈現的《夢二途》，人、事、物都是真實的，情景、境則是作者的想像。歷史的小說、小說的歷史，有別於一般歷史記述，呈現小說（fiction）的虛構性意味，強化文學的性格。從大學時代的二十多歲青春期，經歷朱夏期，白秋期到新世紀之初的人生，李登輝、彭明敏的半世紀歷程，展現在《夢二途》的形跡。至於他們玄冬期的人生，則不在這篇小說裡。

深願閱讀者從李登輝、彭明敏的兩條路，體認台灣特殊的歷史際遇。兩個秀異知識份子、文化人的心跡。思考他們的夢、台灣人的夢，也尋覓自己的夢，實現台灣人共同的未完成的夢。

李敏勇　於二〇二〇年七月

第1章　寧靜革命

跨入新世紀，二〇〇〇年五月二十日，豔陽高照首都台北的凱達格蘭大道，日本殖民時代起造的總督府改置的總統府沐浴在陽光下，顯露出跨越不同國度的幽微和光澤。新舊總統的交接典禮洋溢著歡欣的氣氛，飄揚的旗幟遍插在四周，不斷湧入的人群，交談的話語和笑聲彌漫廣場周邊。

府前的典禮會場，左右兩側的席位已坐著黨政軍高層和外交使節、社會賢達，等待紅地毯的另一端從府內舉行的交接典禮結束後走出來的前後任總統。民主之父與台灣之子是跨世紀兩位政治主角被喻示的身分，他們的權力傳承被世界的新聞報導譽為寧靜革命，意思是不流血的民主化。正是這樣的氛圍，歡慶的氣息高漲，似乎也映照在聚集的人群。

新舊任總統交接了權力之位後，從府裡走出來，兩位夫人也一起。

新任總統的夫人坐著輪椅，一位照護婦人推著，因為丈夫在一場選舉時遇上離奇的車禍，導致她半身不遂，再也無法站立。

紅毯兩側的貴賓席，眼光都投向兩對總統伉儷，輪椅上的夫人更是目光的焦點。在貴賓席上，曾經在開放總統直選後參與競逐的彭明敏，眼光也投向陳水扁和李登輝這兩位新舊任總統。彷彿看見走出來迎向大家的新舊任總統看到出席盛會的他，彭明敏回以笑眼，禮貌地致意。

李登輝和彭明敏跨越兩個國度的人生，交織在戰前台灣的日本時代和戰後的中國時代，殖民和類殖民際遇在他們身上留下光影。這一天，在歡慶中，沐浴著光，吹拂著風。

陳水扁以新任總統得到最大的榮光，受大家歡呼；李登輝卸下代理蔣經國餘任、一屆國民大會選出、一屆人民直選產生，共十二年總統，更以政黨輪替給本土政黨的新總統，備受推崇，他臉上吹拂初夏的風，喜形於色。

彭明敏和兩位他在台灣大學學生，在一九六四年的「台灣人民自救運動宣言」事件，他拒絕蔣介石、蔣經國父子的拉攏，以反體制革命性留下傳奇，成為歷史印記。

慶典結束，離開會場的途中，許多人喊著「彭教授好」、「彭教授好」，讓他回以笑顏。他看到一些海外回來參加慶典的鄉親，流亡海外時期，台灣鄉親是支持他的力量，他們遍布世界各地。

彭明敏回淡水住處的途中，一直想著陳水扁就職總統的演說中「四不一沒有」的說法，新總統提出若中國不武力犯台，有四項不對中國挑釁承諾，以及沒有廢除國統會的想法，似乎尋求中國的善意，但是未免給人軟腳蝦的印象。

寧靜革命的締造者李登輝，卸任前拋出「特殊兩國論」，既終結了黨國體制的「動員戡亂時期臨時條款」，承認中華人民共和國，也只以特殊的兩國緩和衝擊性。但已取代中華民國成為代表中國的中華人民共和國，並不領情。台灣的國家焦慮仍在。

革命的寧靜稱譽彷彿空中的彩虹。想著想著，回到家中坐在沙發的彭明敏，手中拿著的報紙落在腿上。

四年前的五月二十日，李登輝就職直選後的總統，他意氣風發地站在慶典講台向廣場上的人們演講。十二年總統任期，前面二年是接蔣經國的殘任，中間六年是經由國大代表選出，那次是他經由憲改的人民直選產生。中華民國進入台灣體制，成為他心目中的台灣國家。

上一次大選，彭明敏代表民主進步黨參選，雖然另有參選人組合，其實是李、彭兩人對決。兩位台灣人，合計贏得百分之七十五以上的選票，李登輝個人得票率超過百分之五十四以上。

那次大選，中國的文攻武嚇不斷，甚至兩顆飛彈落在台灣東部外海，但台灣人民展現了意志。李、彭兩人分別代表不同政黨參選，但在許多人眼中，像是分進合擊。

第2章　歷史光影

李、彭兩人戲劇性的際遇和命運，像台灣人的悲情歷史光影。

一位是蔣經國提拔的才俊，一位則是蔣介石曾經拉攏卻拒否的秀異份子。出生同一年，都成長於日本殖民時代的兩人，戰後回台在台灣大學續讀完學位，成為教授的有志青年。李登輝讀的是農業經濟，彭明敏念政治，當年還有一位攻讀法律的劉慶瑞，三人交好，都有知識份子的淑世心。

緣於日本的大學是三年制，戰後台灣的大學是四年制，李登輝從原日本京都帝大、彭明敏和劉慶瑞從原日本東京帝大，都成了原台北帝大的台灣大學畢業生，在台大和外國的大學繼續進修，取得博士學位成為教授。

戰後初期的青年學生，目睹二二八事件，因年輕並未捲入事態。從日本回來台大復學的一些人，在政治、法律、經濟三個系所的同學，專心向學，也關心社會，常聚集交換意見，形同精英小團體。李登輝更開了一家舊書店，互相交流藏書，分享近代思想、文學、藝術，一些進步性社會思想書冊也流通讀書界。後來因為時局變化、敏感，停止了。李登輝被認為參加讀書會、甚至加入過共產黨組織，也是那段時間的事。其實，他只是那個時代一些進步青年會有的經歷。

劉慶瑞英年早逝，傳說他草擬了一部「台灣共和國憲法」，但不知下落。倒是在一份創辦於一九六四年的詩誌《笠》，留下他的一些篇章。他的台中一中同學，詩人詹冰在一首詩〈悲美的距離〉悼念他，詩人陳千武也以學弟寫了悼念他的詩〈哀韻〉。喜歡德語詩人里爾克的他，留下許多相關隨筆，對愛、神和詩、詩人……有所申論；他也有關於德國詩人歌德作品《浮士德》的相關論述。

當年的知識份子在中學時代起就博覽群書。李登輝、彭明敏也一樣。李在京都帝大修習農業經濟，有墾拓台灣的想法；彭原來想攻讀法國文學，後來聽家長規勸改讀政治，後來在國際法深造。

二二八事件橫越在他們心中，三個在不同學門都有卓越學識的一九二〇世代台灣人，劉慶瑞早逝，李登輝和彭明敏的人生起伏交錯。

彭明敏以國際法專家，在戰後台灣的流亡中華民國政權成為被諮詢、請益的重要對象。那是彭明敏從加拿大蒙特婁的麥基爾大學獲得法學碩士學位，再到法國完成博士課

程，回到台灣，繼續任教於台大的事。以副教授受聘的他，三年後升任教授，他開授的國際公法受到高度歡迎。一些中國來的學者，包括在台大的薩孟武、傅斯年、錢思亮，中研院的胡適，都極為賞識並推崇他。

一九五〇年代末，彭明敏幾次代表台灣出席國際會議，對於現實政治並不介入，不是政治家而是學者的彭明敏，逐漸捲入現實政治的波濤是一九六〇年代初的事。

有一次參加胡適率領的學者團體去美國，參加西雅圖大學遠東研究所主辦的會議，行前，蔣介石伉儷在他們的士林官邸舉辦宴會，接見並歡送代表團成員。蔣介石出現時，胡適介紹彭明敏給主人。

「你的家人怎麼樣？」

「有幾個小孩？」

「有沒有什麼困難？」

「有沒有什麼我可以幫忙的？」

好像知道彭明敏這個人，像帝王要施捨什麼恩惠一樣的談話，在彭明敏腦海盤旋著。

在西雅圖大學的會議中，當時台灣當局派駐聯合國的大使蔣廷黻，提到改革政府的問題，甚至主張成立一個真正的反對黨，大家都嚇到了。胡適還要他不要提這些問題。西雅圖的會議後，彭明敏為參加哈佛大學在東京舉辦，季辛吉主持的國際問題研究會，他提前到日本，利用時間重遊了京都、神戶。

二十年前，讀京都第三高校租住的地方曾經堆滿書籍，也充滿對法國的浪漫幻想。很高興看到已老的房東，房東還說早就預料彭明敏會成為大學教授。看到日本的復興，讓彭明敏印象深刻，感觸良多。

彭明敏在為期二個月，天天開會討論，尋求解決日漸複雜國際問題的場合，首次對台灣的國際法地位發表看法，認為台灣的法律地位並未確定，建議台灣住民對自己的前途應有發言權。從觀念走向實際面，是一九六〇年的事。

這時候發生《自由中國》雜誌事件，批評反攻無望論，主張流亡的中國人與台灣人合作，發展民主，反對蔣介石一再延任的雷震和一些人被逮捕判刑。其中有一位是彭明敏的學生：傅正。

在東京的會議期間，彭明敏被通知獲聘為「國家科學發展委員會」國家講座，是榮譽也有實質資助。蔣介石一方面加強整肅異己，一方面想要拉攏彭明敏這樣的台灣精英，作為統治的協力。

擔任「國家講座」時，彭明敏以科技發展與國際法為研究主題。中國國民黨為團結海內外反共的中國人，為存在於台灣的中華民國彰顯異於中華人民共和國的形貌。他受邀參加「陽明山會議」，以一個三十多歲年輕學者，與一些來自海外的年老華僑、黨政要員、高官，共商國是。

許多會議都邀請彭明敏與會，他成為風頭人物，不斷出現在新聞報導。甚至，台灣國際青年商會也選拔他為「台灣十大傑出青年」。年近四十的彭明敏知道時想辭退，已遲了。但蔣經國以反共救國團主任邀請茶敘，他寫了一封信說因事無法出席。其實，他是不願自己的學生看到他與自稱青年導師的特務頭子合照。次日，有報導說他杯葛蔣經國。

第3章　嶄露頭角

彭明敏台大畢業後留校任教，李登輝進農復會，兩人先後都出國留學深造。李登輝從愛荷華大學修習了碩士回來，繼續他在台灣農業經濟的深度探究視野。戰後在台大完成大學學業時的「三三會」成員，有淑世心的兩個人，常常聚會餐敘。

李登輝在農復會、也在台大，施展所學；彭明敏則在政學領域顯現才學的光芒。一九五〇年代的白色恐怖氛圍彌漫島嶼各地，「動員勘亂時期臨時條款」以及「戒嚴法」的禁制，常常傳出同學或同事不見了。知識界人心惶惶，李登輝和彭明敏也感受到這種壓力，兩人見面的機會少了。

一九六一年，彭明敏出任台大政治系主任，顯示當局的重用。保守派和改革派對政局的態度不同，兩種勢力分別影響蔣介石的施政。

新學年開始時，校長錢思亮派車接彭明敏到他辦公室，告知政府將

派他出任聯合國大會中國代表團顧問。當天下午，外交部也告知這項安排。面對聯合國大會不斷有當局所謂的「排我納匪」，黨政當局需要一位有國際法知識，受國際尊重的諮商人選。

彭明敏的新任命，讓他接觸到更多黨政高層，甚至特務。外交部長召見他，中國國民黨中央黨部祕書長甚至要他打聽在美國的台灣獨立運動，

一個特務首腦要求他影響、說服台灣獨立運動份子回來台灣。他知道黨政都想利用他。

禮貌性拜訪中央研究院胡適院長時，無意中說了自己被任命「或許只是推出一個台灣人裝點門面而已」，彭明敏從胡適的眼中感覺到胡適聽了有點吃驚。陳誠也以副總統身分約彭明敏到他公館，兩人單獨交談了台灣的內外形勢，談到他訪美時在華府遇到台灣獨立運動團體的示威，有不愉快的感覺。

出席聯合國大會之前，彭明敏去台大醫院探望因鼻咽癌病危的好友劉慶瑞。劉是東京帝大校友，同樣在台大法學院任教，是政治系受學生歡迎的教授，也是憲法專家，正草擬一部能為台灣獨立所用的憲法。劉慶瑞也是「三三會」成員，娶了彭明敏表妹郭婉容，當時她在台大經濟系任教。

好朋友相見，而且是告別之晤，也許天上人間，從此分開了。握著劉慶瑞的手，忍著不讓眼淚流下來，思前想後，充滿感傷。十多天後，在紐約忙於代表團事務期間，得知劉慶瑞過世，想到他的國家之夢，失落感無法形容。

在紐約出席聯合國大會期間，有一天蔣廷黻大使邀彭明敏到家裡共進午餐。蔣廷黻談了他任駐蘇聯大使時，在莫斯科的經歷。

因蔣介石遺棄蔣經國生母，另娶上海宋氏家族女兒宋美齡，蔣經國與父親反目，在莫斯科孫逸仙大學進修。蔣介石致電，要蔣廷黻找蔣經國，帶他回國。當時蔣經國已娶了蘇聯鄉下女子，但仍聽命隨蔣廷黻回國。

蔣經國後來對蔣廷黻相當禮遇，視為父兄。蔣廷黻說他曾經建議蔣介石削減軍隊，但未獲採納。他就像胡適、雷震等人，較有風骨，但環繞在權力體制的許多人不盡這樣。當時的駐美大使葉公超頗有文化風骨，被視為開明派，與外交部長沈昌煥並不親睦，蒙古國加入聯合國的問題讓蔣介石不悅，被召回台，要他不用再去美國了。

世局對台灣的中國似乎愈來愈不利，台灣人的命運會隨著中國國民黨的命運浮沉，而台灣只是隨波逐流，彭明敏心中像有一塊石頭。

從聯合國回來，彭明敏到中國國民黨中央黨部演講，他們要聽取他的觀察意見，也想知道在美國的台灣人、留學生以及台灣獨立運動的動向。他知道除非當局改變黨國立場，很難扭轉海外許多台灣人的反感，黨國殖民性即使面對同樣來自中國的一些有識者的諍言，也當作異己打擊治罪，何況是台灣人。

就在那陣子，他在台大法律系教授戴炎輝家裡晚餐時，傳來胡適心臟病發，猝死於中央研究院一項會議。他趕到南港，看到躺著覆蓋白巾的逝者。台大校長在那時候告訴彭明敏，提供經濟支援，讓他在加拿大麥基爾大學讀完第二年學業的就是胡適。姊姊隱匿胡適的贊助，讓他不能對一位仁慈、親切的學界長者在生前致謝，感到哀痛不已。

過後不久，一個年初冷冽的夜晚，一輛吉普車停在家門前，緊促的敲門聲，開時見到來人說要找姓彭的，他交付一份請柬，是隔日早上蔣介石約見。彭明敏依約來到總統府，進入後被帶到接待室，被告知一些規矩。他進入一個大房間時，看到坐在遠遠那端的蔣介石，旁邊有個人隨侍。走近時，蔣介石抬起頭，示意他坐下。

「坐！坐！」

「你剛剛從聯合國回來，辛苦了。」

然後又說：

「家裡怎麼樣？孩子好嗎？」

「有沒有什麼困難？如果有問題，可以來看我。」

他手上拿著關於彭明敏的資料，已翻閱過。十多分鐘的交談，沒有什麼意義。只聽見他不斷地「好……好……好」。告退後，彭明敏左思右想，這些話在其他見面的場合，蔣介石也問過。

過沒多久，有一些黨政高層來訪，暗示加入中國國民黨會受到重用。但彭明敏完全不考慮。

第4章　學術歷程

彭明敏在就讀東京帝大政治科之前，考上與東京第一高校齊名在京都的第三高校文科。他在銀閣寺附近租了住房，十八歲的台灣青年跨海從被殖民的台灣來到殖民者的古都，父親給予的優渥費用，讓他自由自在買了想讀的書，心中滿懷理想，充滿希望。

選擇文科而非理科，沉浸在文學、哲學與歷史，像搭乘著知識與教養之船，要航行在世界之海。自由的校訓、自由的風氣在三高校園成為傳統，但太平洋戰爭以及軍國主義壓力形成一種陰影。開始迷上法國的歷史、語言、文學，彭明敏參加法文讀書社團讀了許多原著。他在雷南（Ernest Renan）的有關國家理論，認識到現代國家的觀念，形成以共同命運取代種族、語言和文化的條件。這影響了他的人生。

太平洋戰爭影響了高校生的生涯規畫，文科課程縮短，必須在時限內考上大學，否則即須入伍服役。一向討厭軍訓，反對戰爭的彭明敏，想進入東京帝大法文科，但家裡希望他設法考入醫科大學。最後折衷，彭明敏決定投考東京帝大政治科，也許將來成為律師或官僚。

被殖民的台灣人和朝鮮人並不被歡迎進入東京帝大文科法科，不管多少人報考，常只一人錄取。結果，彭明敏考取了，開始在東京帝大展開新生活。大學文法科學生原可緩役，但因應時局取消了。殖民地人民原不必服役，但被召喚當志願兵。

不想成為日本軍人的彭明敏選擇逃離。有一段時間，他繼續上課，避免被察覺動向。決定離開東京。他先在東京西邊長野的古城松本，住了半年，一些書籍也運送到租處。父母從台灣捎來信息，因空襲也疏散到鄉下。想到應該撙節生活費用，決定投靠在長崎郊區一個漁村公立診所行醫的大哥，一起生活。

把一些書籍寄存一位高校時代在京都大學就讀，因身病弱未被徵召

服役，回到九州鄉下的日本同學，兩人說好若戰後還活著，會取回寄書，若不，就送給他。一些自己要用到的書則寄到大哥家。

從松本搭火車到長崎，三十多小時的行程，心中有離別的感傷。沿途的名古屋、大阪、神戶、廣島，常遭空襲，戰爭破壞了城市風景。

在長崎住了一晚，隔天去碼頭搭船到大哥行醫的漁村。才登上甲板，在找位子時，突然聽見一架飛機俯衝的巨響，瞬間就昏迷了。醒來時，全身是血，甲板上到處是屍體、呻吟、嘶喊。嘗試著要站起來，驚覺左臂被從肩膀炸斷了。孤單無助的彭明敏被指引到碼頭附近的一家診所，在忽睡忽醒之間，驚喜地看到醫師是見過面的大哥同學，被安排轉送長崎大學醫院。在手術台上醒來時，外科醫師正要切除關節已碎裂的左臂，生命經歷了大改變。

大哥接到傳話，通宵趕來長崎。隨後，大嫂也來了。家人的溫暖安慰了遭到巨變的彭明敏，在醫院時，有好幾位台灣學生輸血給他，救了他。二個月後，出院，住進大哥家。在兄嫂的照顧和寄達的書籍的慰藉中，先是八月六日，廣島遭受美軍新武器的重大破壞，三天後，長崎也經歷同樣的災禍，後來才知道是原子彈空襲。在郊區漁村，倖免於難。

八月十五日，日本宣布無條件投降。彭明敏選擇盡快回台灣，終戰那年十二月末，從佐世保搭船，航經水雷密布的汪洋大海，到達基隆已是一九四六年年初了。

彭明敏拒為日本軍人時，李登輝在日本千葉的習志野陸軍預備士官學校受訓。出身台北三芝，從台北高校而京都帝大的他，中學與高校時期就像有志少年，遍讀世界文庫。他學劍道，也喜讀《武士道》，一年多的大學生活中斷，想體驗人在生死之間會怎麼樣的他，分發到高雄的高砲部隊，與戰死於馬尼拉的兄長登欽最後一次見面就在高雄街頭。

戰爭、生死、人生無常，擔任陸軍少尉的李登輝在東京空襲時，擔任救援工作。八月十五日，天皇廣播，戰爭結束，曾想以京都帝大農經科所學運用於滿洲開發的他，人生面臨一次轉折。曾改名岩里政男的台灣人李登輝，日本人的身分消失在歷史的轉折。

不再是日本人的李登輝，一九四六年春，從神奈川縣的浦賀港搭日本政府安排的船隻，在美軍管理之下，歷經波折，回到基隆港。離開日本時，東京幾乎是廢墟。回到台灣，一眼望去的基隆，街道一片荒廢。

「帝國」的冠詞消失了，台北帝大成為台灣大學，李登輝進入台大農學院，續讀農經系。政治、經濟、法律三系，有許多從日本各地帝國大學回來繼續完成大學學業的同儕，在「三三會」聚首，面對歷史際遇的轉折，重新定置並尋覓新的目標和人生方向。

彭明敏也是聚會的成員，兩人的結識始於終戰後，在台灣大學的校園。這時候接收進占台灣的是標榜戰勝國的中華民國，設置了台灣行政長官公署，以陳儀為行政長官，類似日本總督府的總督，以祖國之名進行類殖民統治。舊秩序消失，新秩序未形成，戰後初期的台北街頭彷彿無政府狀態，失業者遊蕩，不安的心瀰漫大學校園。

李登輝參加讀書會，讀馬克思《資本論》，延續在京都帝大時期一些日本左派青年的社會意識。右傾、軍國主義時代的帝國日本，左派知識份子傾慕社會主義，反對發動太平洋戰爭，標榜進步性，吸引淑世青年。戰後的中國，國共鬥爭，中國共產黨發動革命，中國國民黨政府面對革命壓力，在接收的台灣預作流亡準備。讀書會被視為中國共產黨滲透團體，李登輝有同學被叛亂罪處死刑，風聲鶴唳，人人自危。

二二八事件發生時，他遠遠看著激昂的情緒在群眾中發酵，並且去看二二八事件處理委員會的集會，那其實是緩兵之計，增援部隊從中國本土派來台灣，參與的士紳一個一個都被逮捕殺害了。躲在搭乘同船的朋友何既明家米店二樓，李登輝逃過一劫。

台大農經系畢業後，留系擔任助教，並與在台灣銀行服務的同鄉女子結婚，住在學校宿舍。不久，台灣就進入戒嚴時期，中華民國也被中國共產黨革命推翻，撤退到台灣。

風雨飄搖中，韓戰爆發，美國宣布台灣海峽中立，政局才稍微安定下來。彭明敏去加拿大、法國留學期間，李登輝也去美國，在農業州愛荷華大學修習碩士學位，他在美國留學期間，一位友人的弟弟告知他在台灣的妻子，說與他在學生時代一起閱讀《資本論》的哥哥被槍斃的消息，並說讀書會成員名單已被掌握，要小心。家人很擔心，妻子不知如何是好。

李登輝去美一年多，學成回來，妻子在他回到家之後，才告訴他友人被處死的事，他沉默無語，抱著三歲長男，對妻子點了點頭。

在台大農經系任教，也在農復會擔任技正，並在合作金庫、省政府農林廳兼職，李登輝也成了忙人。彭明敏在政治圈，李登輝在農業經濟領域，兩位一九二〇世代，日本殖民時期出生、成長的台灣人，都在戰後放出異彩。

浪漫的彭明敏面對政治的風險之海，實際的李登輝沉浸於農經寧靜的河。河是台灣的河，海是台灣之海。白色恐怖的氛圍瀰漫島嶼上方、遍及島嶼各地。

參與了台灣的中華民國在聯合國的國際事務，對於流亡在台灣的政府宣稱代表中國，也說擁有西藏和已獨立的外蒙古，彭明敏和一些周邊的朋友覺得荒謬。總有一天，這一切會破滅，中華民國會被逐出聯合國，台灣的國家條件會被撼動，改革和重新建構才符合現實。因為參與了政府的國際事務，彭明敏很在意被認為是中國國民黨支持者，他也憂心台灣的前途會因此陪葬。

第5章　自救運動

一些年輕大學生常來找彭明敏談論國事世事，有兩位特別受到他注意。一位是劉慶瑞指導寫了關於憲法論文的謝聰敏，另一位是魏廷朝，也是台大法學院畢業生。彭明敏常在家裡與他們相談，兩人對中國國民黨統治下的台灣內外形勢分析得十分透澈，逐漸形成解決問題要付諸行動的共識。

一九六四年年初，師生三個人決定擬定一份文件，申論台灣面對的國內外問題，並提出解決之道。

這一份文件，以「台灣人民自救運動宣言」為名，從謝聰敏的百頁文稿，經三人討論後，魏廷朝定稿，大約可以印成整張報紙大小，符合分發傳播。三個基本目標：確定「反攻大陸」不可能；制定新憲法，建立一個向人民負責的政府；以新會員國身分加入聯合國。宣言呼籲大家支持台灣人民自決運動，打破中國國民黨獨裁，全體台灣人民在具有建

設性的民主政策下，團結起來。

從知識運作到進入行動是一條危險的路，但彭明敏和兩位學生都感到生命有新的意義。他們期望宣言對所有生活在台灣，不分先來後到的人們，都有所影響。

為了避免印刷時走漏消息，謝聰敏還故弄玄虛，先將準備印刷的活字排版文件的「中國國民黨」，改為「中國共產黨」，以避排版工人耳目，真正要印刷前再用買來的鉛字字模換回「中國國民黨」這個真正版本。在萬華租了一間旅館房間進行作業。三個人小心翼翼，避免行事外洩。但印刷廠老闆突然反悔不願承印，但其實已印了一份，是察看後嚇著了。後來，謝聰敏找到一家在赤峰街的印刷廠，印完交件後，謝聰敏和魏廷朝把東西運到附近的小旅館，用預先準備的二個大行李箱帶到總統府附近一位朋友家存放，等待分寄發送。

回到旅館稍事休息、處理一些湮滅事證事宜之際，突然有粗暴敲門聲，一些便衣衝進來，三人都被逮捕。那天是中秋節，夜晚的圓月高掛在天空，正從東邊向西移動，家人和朋友都在準備賞月，回映月亮的探照，但對三個被逮捕的人是一片黑暗。

偵訊時，問供和自白交叉進行。先在警察局，後來在警備總部，在北門轉萬華，原來西本願寺改置的祕密偵訊空間，無休無止地審問都在追查背後的龐大陰謀，當局不相信這只是三人的想法和行動。

「背後是誰？」，「有什麼外國組織？」，「接下來的計畫？」，「美國政府有沒有關係？」

韓國的李承晚、越南的吳廷琰被美國策動推翻了，蔣介石的統治位置是否不保？情治人員懷疑文件的手筆是否另有中國來台的大陸人，是不是台大哲學系的殷海光，或是憤世嫉俗的作家李敖。

消息被封鎖，一個多月後，台北的英文報《China Post》才引述警備總部發布的簡短報導，中文報紙也引用刊出。以背叛國家的罪名，掩蓋宣言的批評與主張，甚至扭曲召喚全體人民的訴求，說要把大陸人殺害。一些大學同事也配合黨國政策和官方的指控，以訛傳訛，落井下石。但消息傳出後，民間社會對彭明敏以英雄、殉道者、有良心和正義感的知識份子視之。在二二八事件經過一段時間，白色恐怖的時代氛圍仍在，台灣在國際形勢處於風雨飄搖之中的情境裡，大多有景仰之情。但是又只能無奈以對，報禁下的輿論也避免討論。

被捕後的教師節，蔣介石在援例宴請教授學者的晚宴，冷不防問了台大校長錢思亮：「彭明敏坐在哪裡？」錢思亮知道消息但不敢告知蔣介石，支吾其詞，尷尬不已，只能編個缺席的理由。蔣介石後來知道了，極為生氣。

彭明敏等人的案件，一直低調處理。當局對外國的反應十分敏感，美國哈佛大學的費正清（John K. Fairbank）投書《紐約時報》關切，英國的ＡＩ（國際特赦組織）也展開調查，季辛吉也向在美的中華民國大使館詢問，加拿大的台灣留學生在中華民國大使館前抗議，麥基爾大學法學院長表達關心，法國巴黎大學法學院教授們也一樣。駐聯合國大使蔣廷黻打電報給當局，提出警告，要求謹慎處理。

一段時間後，彭明敏在景美軍事監獄唱聖歌時，聽到另一角落傳來謝聰敏和魏廷朝附和的回音，絕望、悲哀和憤怒的心情突然一振，他用日語高聲呼喊「加油」，互相打氣，引起一陣騷動。不久，他被押回在原西本願寺的軍法看守所。家人偶爾可送些食物來，與外界完全隔離。

第6章　政治災難

幾經波折，彭明敏知道當局似乎不打算嚴懲，要再教育他並利用他。有一天，他被帶到警備總部，一位將軍主持的聚會，台大法學院院長薩孟武也在，還有總政戰部主任王昇，另有一些文武高層。會中，有各種看似誠懇的話語，想要緩和彼此的對立。有位出席會議者，曾在駐聯合國代表團任職，當年中華民國政府撤退、流亡來台時，還曾建議當時的大使，不如大家把在紐約存放於銀行的公款朋分算了，因為一切都完了。事情經蔣廷黻報告給蔣介石，有一段時間，被留團察看，不能回台。後來，教育部長張其昀為他轉圜，才獲准回台。寫了一些謾罵台灣獨立的文章發表在報紙，成為「台獨專家」，才又受到重用。他在會議中曾以英文說了「蔣介石是不可或缺的邪惡，我們要生存下去，不能沒有他。」「Necessary evil」這一關鍵詞，深刻印記在彭明敏心裡。始終靜默，一語不發的薩孟武，不斷抽著菸斗，薩孟武知識份子的形象也鮮明留在彭明敏的記憶。

彭明敏師生案偵查終結，起訴後，等待審判。十二月天，相當冷的天氣，二十四日耶誕夜，晚餐後，牢房的一些女囚犯唱起耶誕頌歌，彭明敏想到母親和信仰基督教的親人，不禁悲從中來。家人可以每星期來會面十分鐘，也可寄收信件，可以看到母親和妻子，互相用聽筒談話只能談生活細節，不能討論案情。

彭明敏原本要自我辯護，但在母親堅持下，請留學日本，出身中國東北的中國國民黨立法委員梁肅戎擔任辯護律師。梁肅戎向中國國民黨方面報告，認為可以促進台灣人與中國國民黨之間的關係。梁肅戎曾經是《自由中國》案、雷震的辯護律師，雷震被判刑十年，正在服刑。

彭明敏、謝聰敏、魏廷朝三人的審判，一天就結束。隔天，宣判時，三人出庭，只能互相點頭致意。旁聽席家屬以及新聞記者不到十人。

謝聰敏十年徒刑，魏廷朝和彭明敏各八年徒刑。三人都未要求從輕量刑，出乎當局意料之外。這種反應得罪官方，以為會求饒，卻義氣凜然。被以叛亂顛覆罪名起訴的三個人：謝聰敏、魏廷朝和彭明敏似乎被重判了。

三人提出上訴，但法庭未在六十天內答覆。審判後的獄中起居寬容許多，《TIME》、《Newsweek》，經獄官檢查後，也可閱讀。有一天，彭明敏接獲國際特赦組織瑞典分會，署名凱琳．葛威爾夫人（Karin Gawell）的明信片。

因為油漆囚房，彭明敏、謝聰敏、魏廷朝暫時分配在三間相鄰牢房，三人在晚餐後高唱民謠，互通聲息。

彭明敏母親親筆寫了一封信給蔣介石，要求釋放她學有所成的兒子，她認為顧及蔣介石的面子，也許是救援兒子的辦法。

只有離開監獄，才能為自己辯護。服刑半年多，時際的秋末，彭明敏收到家人送來西裝、領帶、白襯衫以及一束鮮花。過幾天下午用完晚餐，彭明敏被喚到辦公室，獄方先是說：「你的上訴已駁回，八年徒刑確定了。」另外又說：「總統已下令，把你特赦了。」彭明敏問：「謝聰敏、魏廷朝呢？」回答說：「不知道。」當晚近十時，彭明敏走出監獄，同房牢友的恭喜聲消失在冷風中。

第二天，報紙刊出彭明敏獲釋的消息，但黨政機關以彭明敏認罪及政府寬大為懷宣傳，誇耀領袖的美德。回到台大宿舍，但台大沒有續聘通知。他和太太禮貌性拜訪校長錢思亮，表達謝意，兩人在冷漠回應中告辭，這也是彭明敏最後一次與之見面。

宿舍前常停著吉普車，被監視的陰影籠罩著生活。有些同事相遇時裝作不見，甚至有些學生要求校方刪除他指導論文的紀錄。但仍有人不顧風險，表達關懷。王昇和一些政戰將領辦了宴席，說是恭喜他獲釋、祝賀他的新生。

彭明敏在家中閱讀過期的雜誌，夢想著再回大學教書。去旅行，在餐廳，或任何地方，安全人員沒離視線。他拒絕了中國國民黨中央黨部六組組長要他進「大陸研究所」當研究員，有優渥薪水和宿舍的安排。

一九六六年初，有蔣經國祕書說他們主任要「請教」，會派車接到「中國青年反共救國團」。彭明敏為求安全，回說自己會依址按時前往。是李煥先接待他，談了一會兒，才帶彭明敏去蔣經國辦公室。

「好久沒有看見你了。」開頭第一句話讓彭明敏感到訝異。兩人沒見過面，甚至獲選十大傑出青年時，他沒有出席歡宴餐會。

「好嗎？」

「身體怎麼樣？」

「令堂好嗎？」

連續的問話，蔣經國甚至問起他在淡水工商管理專校當校長的姊姊，那時候，她遭遇許多麻煩。

談了一些家常事之後，蔣經國提到：「很多人關心你。」並問說：「有沒有什麼困難？有沒有什麼我們可以幫忙的？」

抓住機會，彭明敏回答：「我很希望能再回台大教書。現在，我沒有工作。」

蔣經國愣了一下，轉而問李煥：「有沒有與錢校長談過？」李煥露出尷尬的表情，隨即支吾地說：「我們會和他商量這件事。」

比起蔣介石，蔣經國似乎談吐較溫暖，讓人感到較為有誠意。

第7章　流亡出走

沒多久，陶希聖來看彭明敏。除了暗示可否在美國的報紙投書，駁斥柯喬治（George Kerr）著書《被出賣的台灣（Formosa Betrayed）》，彭當作沒聽到。

中國國民黨高官聚集、設於政大的「國際關係研究中心」邀彭明敏為研究員。他退回送來的聘書。回到大學教書不可能了。

案子從警備總部轉到調查局，曾潛伏在共黨組織甚至分別得到毛澤東和蔣經國信賴的局長沈之岳，招待他和李敖，大家客套談笑，強調調查局主要是消滅貪污、不涉政治。但是監視持續進行著。

一些熱心政治人士也常來拜訪，想要改變政治形勢的人似乎愈來愈多。一九六七年夏天，一些友人陸續被逮捕。蔣經國訪日回來不久，調查局約見面，是有人混在來家裡的朋友之間，以彭明敏與台獨份子或史明聯繫為由，想嫁禍給他。調查局簽辦槍決彭明敏，但高層並未批准。

許多有外國學者來台參加的學術會議，調查局的人都暗示彭明敏不要參加。一九六八年，美國密西根大學法學院和中國研究中心、加拿大麥基爾大學法學院，都發聘書給彭明敏，一些勸阻的壓力來源，來自中國國民黨中央黨部和調查局。不只國內，國外大學的出路，幾乎都被封鎖。彭明敏不顧一切，也找了保證人，他想出國繼續學術研究之途，帶著護照去辦理出國手續，一個月後被退件了。

決心逃亡是在一切出路都被封鎖，陷於絕望之時。

特務的監視更嚴密了，但嚴密中也有空隙。彭明敏注意到深夜時段，有些值班的監視特務會溜班。這也許是機會，彭明敏試過偷偷外出，在約定的場合與親近友人見面，未被發現。他告訴友人逃亡的想法，認為風險大，但有可能成功。

在朋友幫忙之下，彭明敏寫了一封信到瑞典斯德哥爾摩給國際特赦組織瑞典分會一直關心他的人，請他們轉告瑞典政府，在他到達斯德哥爾摩機場時能給予未持有護照和簽證的他政治庇護，得到肯定的答覆。這是一九六九年二月的事。

接著他安排旅途細節，朋友們都認為冬天變裝較容易，他盡量不外出，讓監視特務鬆懈。只在半夜偷偷出去會見朋友，處理事情。彭明敏設計一些表達狀況的語詞密碼，在任意雜亂的字句之間，插入可解讀的訊息，以類似情報人員的傳信方式，告知行程動向，也安排了沿途的接應。計畫中最精細的部分是安排一些外國朋友，來到台灣，提供護照和相關證件，讓彭明敏搭上飛機，離開台灣。

為保護家人，彭明敏沒有透露任何消息。他燒掉大部分文件，並留下遺囑給妻子和兒女，以及母親和其他一些親屬，並在一篇聲明裡說：「蔣介石特赦了我，但我出獄後的遭遇，卻使我日子無法再繼續下去。所有我的朋友和同僚因為我的關係，都有危險。如果我被捕，以任何手段從我榨取得到的自白，或任何所謂的我親寫的文件，都不是出自於我。」

彭明敏蓄長了鬍子，又刮得精光，去高雄看了母親回到台北，又隱居家中，再把鬍子留長。母親的話「你一定要有信仰，不然的話，你的生命沒有用。」讓彭明敏心情既沉重又悲傷，墓園祭拜父親時留下的一束花也清晰留在腦海。

離開家的當晚，彭明敏把準備就寢的兒子、女兒叫到身旁，分別量了他們的身高，心裡對他們說：「什麼時候再見？」

他在半夜溜出家門，在朋友家待了一整天，告訴家人有事去台中，要環島旅行，一個星期後才會回家。另交代兩封信件，一封是逃亡失敗時要打開，另一封則是成功逃離時用的。晚餐時，朋友家人唱著聖詩，彭明敏跑進房間哭泣起來。

出發時，大家反而感覺鬆了一口氣。在松山機場出境前，彭明敏回頭比了再見的手勢，飛機起飛時，他從機上小小的窗口凝視他要離開的土地，正是燈火通明的夜晚。

第8章　改弦易轍

彭明敏因為「台灣人民自救運動宣言」事件被捕前夕，李登輝和彭明敏與一位在經濟系任教的密友，一起餐敘，三人是台大三三會成員。彭明敏並未透露他和學生的行動計畫，兩人都不知道彭明敏的驚人之舉。

事件發生後，那位在經濟系任教的密友出國失去音訊。次年，李登輝去美國康乃爾大學攻讀博士學位，太太也隨行。他回來時，彭明敏在軟禁期間。風聲鶴唳，人心惶惶，在台大任教，並在農復會擔任技正，學成歸來的李登輝彷彿成為炙手可熱的人才，家裡也因為第三個孩子出生，洋溢著歡笑聲。

李登輝對於政治似乎不關心，沉迷於書籍的浩翰之海，年輕時期曾沉迷唯物論、社會主義，但世局讓人迷惘，讀書會朋友被槍斃的事一直掛在心上。夫妻兩人想參加教會，在信仰中安置心靈。

彭明敏被捕的消息傳出後，李登輝想到事發前一晚相聚用餐暢談，生為台灣人的悲哀之情，油然而生。信基督教，去美國攻讀博士都緣於世事的變化，他在美國攻讀博士的三年期間，彭明敏都在牢獄裡。在康乃爾大學深造時，常有台灣留學生來家裡，妻子也準備家鄉料理招待大家。在紐約策畫槍殺訪美的蔣經國失敗的黃文雄、鄭自財也來過家裡，有印象，但沒有太多交集。

取得學位後，李登輝經歐洲返國，並在印度停留一段時間，了解印度農業經濟。他的淑世心在農經，不在政治。彭明敏因事件繫獄，他和學生發起台灣人民自救運動的意志，李登輝不是不了解，但他不會這麼做。

回國後，似乎炙手可熱，活躍於台大及農復會的李登輝以旁觀者的冷靜，暗自感傷友人的際遇。

有天凌晨，天還未亮，敲門聲吵醒了他們夫妻，他開門一看，戴白頭盔的憲兵站在眼前，李登輝被帶到警備總部。次日凌晨，李登輝回到家，一日的折騰讓妻子很擔心，她仔細察看了他的雙手是否被刑求受傷。連續一個星期的約談，從早到深夜。他奉派率農業技術團到泰國參加一項國際會議，護照遲遲未核發。結束密集的約談之後，一句調查人員拋出的話，耐人尋味。

「嫌疑洗清了，敢用你這種人的，大概只有蔣經國吧！」

對蔣經國甚至懷有敵意的李登輝，百思不解。回到正常生活的李登輝，接受台大經濟系王作榮之邀，和同樣在經濟系的梁國樹、另有經營航運事業的陳清治一起旅行，行程包括台灣、日本、韓國，參觀農業和工業，考察兼有散心的意味。

回來後，有一天，去王作榮家作客，王昇也在，擔任政戰部主任的王昇問李登輝想不想見蔣經國？他正擔任行政院副院長。沒多久，在省黨部擔任主委的李煥也有相同安排。李登輝彷彿被蔣經國左右手牽線，逐漸接近他。

見了面，蔣經國開頭談農業振興，說要借重李登輝。對李登輝談到跨經濟、社會福利、政治的觀點，蔣經國似乎興味多多。王作榮借機會建議李登輝加入中國國民黨，連文件也備妥了。不想涉及太多政治的李登輝，才被警備總部修理過，心情更為複雜，但他還是入黨了。

「最危險的地方，也許最安全。」「如果不入黨，也許無法發揮自己所長。」李登輝這麼想，這麼自圓其說，也這麼盤算。

就在彭明敏逃亡的第二年，李登輝加入中國國民黨。兩個一九二〇世代，跨越戰前、戰後，台灣人秀異知識份子，曾目睹二二八事件，常在台大校園的三三會切磋學問，關心世事的兩個人，前後分別被蔣介石和蔣經國父子引進戰後的統治體制。兩位摯友像是宿命地在台灣的命運標示某種歷史的界碑，好像互相改弦易轍，互為華麗轉身。在體制外的彭明敏和加入體制的李登輝，形成對比。

這一年，中華民國在聯合國的代表權被中華人民共和國取代了。一向以漢賊互喻，誓言不兩立的中國國民黨蔣氏父子，漢賊易位，國際地位受到打擊。走一個中國路線或兩個中國，還是台灣獨立？三種走向拉鋸著。

第9章　踏上政壇

在紐西蘭一所大學演講時，接到台北一通「速返」的電報，因航班關係，李登輝回到台北已是第三天，行政院政務委員的人事令已發布。

在台大任教，也在農復會任事的李登輝一頭栽進部長級的政務委員職位。拉拔李登輝透過警備總部約談，原來是一種身家調查程序，也是安全檢查。想到這樣，李登輝深深吸了一口氣，他小心翼翼專注於自己受命的工作。

未幾年，蔣介石逝世，嚴家淦以副總統繼位，蔣經國並以行政院長兼為中國國民黨主席，蔣介石時代轉換到蔣經國時代，蔣家政權仍然持續。

被逐出聯合國之後，台灣內部的自救運動勃興，台灣基督長老教會發表「國是聲明」，主張台灣人民有自決的權利，又陸續發表「我們的呼籲」要求實施憲法，接著在美中建交之際，發表「人權宣言」，請求政府採取有效措施，讓台灣成為新而獨立的國家。

鄉土文學論戰也引發本土化問題，更因為中國國民黨在桃園縣長選舉作票，引發脫黨參選人許信良的抗爭，群眾放火燒了中壢警察分局，蔣經國搭乘直升機前往察看，因應事態發展，仍讓許信良當選。

一九七八年，蔣經國經國民大會選為總統，副總統是謝東閔。台灣人這時候逐漸在政府中央層級成為輔佐角色。之前，台灣省政府早已用台灣人擔任主席，取代長期以軍事將領擔當的任命。

實際上，只以一島一省，加上零星離島，而為一國，中央政府大多權力在外省人手中，省政府及縣市政府則擔當地方自治，公職經由選舉引進了台灣人。中國國民黨實際控制了中央、地方政權，但有些黨外人士獲人民支持，試圖成為制衡力量。

蔣經國吹起台灣風，逐漸在中央引進台灣人，尤其是海外歸國學人。地方則從中國青年反共救國團拉拔已培訓的台灣人，尤其是被馴服的教師，形成新血輪因應台灣化的壓力。以中國各省產生，從未改選的立法委員和國大代表在號稱國會的立法院、國民大會，大多垂垂老矣，以橡皮圖章、舉手部隊支持的法統，面對批評，也要有所改變。增額選舉成為權宜之計，蔣經國的課題是如何回應現實需要，又穩定黨國政權。

蔣經國就任總統不久，發布李登輝為台北市長，前任林洋港則轉任台灣省主席。林洋港和李登輝一樣，被視為為了權力接班培養的台灣人，另一位是林洋港之後出任台灣省主席的邱創煥。一位是知識精英；一位是地方選舉出身；另一位是苦學的官僚。蔣經國的權謀放了三個可挪動的棋子，既面對國際形勢的考驗，也面對國內形勢的變化。

李登輝搬入市長官邸，是在徐州路的一座日治時期留下木造建築，有寬闊庭園。蔣經國常未事先通知，前來造訪。如家人不在，有時還會等待李登輝回到家。一段時間後，蔣經國來訪，閒聊中說：「你的評價非常好，已經沒有問題。」之後就未再來訪。

李登輝的許多創意讓人一新政治耳目，特別是他對文化、藝術的重視，不同於過往政治人物、行政首長的知識與教養，有一種特殊的魅力。夾帶日本語詞彙與台語的日台式中文，在表達時鏗鏘有力，又讓人莞爾。

成為中國國民黨中央常務委員，接近權力核心，仕途順利得讓人感到可怕。兒子、兩個女兒都結婚了，為人父母卸下重擔。

但一九七九年十二月十日，高雄的國際人權日的大遊行，發生美麗島事件。正逢美國宣布與中華民國斷交、轉而與中華人民共和國建交之後，國會改選因斷交而宣布緊急停止之際，黨外人士以《美麗島》雜誌為政團，宣揚獨立理念。

事發第二年，被逮捕人士在軍事、民事偵辦期間的二月二十八日，發生林義雄住宅近乎滅門血案，林母及一對雙胞胎女兒被殺死、大女兒重傷。慘絕人寰的事件，引發社會公憤，李登輝感到不安，但他以不涉國政，專致於市政，並無力介入。藉著一些音樂會活動為台北市增加文化內涵，也許可以撫慰人心、療癒創傷，李登輝親自將歌劇《浮士德》譯成中文，以供演出，留下台北藝術節的活動傳統。

發現長子得到難以治癒的鼻咽癌時，李登輝剛被任命為台灣省主席。治理的範圍更為擴大了，農業經濟的課題也更可以應用。妻子在他首次出席省議會作施政報告時，塞給他一張紙條。

「柳枝不因風折，奚落聲就當作柳枝迎風吧。」

長子李憲文因病過世，病榻期間，李登輝在霧峰的台灣省議會接受總質詢，惦記兒子病情的他趕到在台北的醫院時，他只能抱著長子遺體

走到太平間，百感交集，心痛不已。友人讓他看《舊約聖經》約伯記的章節「我赤身於母胎，也必赤身歸回。」信仰是李登輝在政治生涯的重要依靠，在權力的路口，他常翻閱《聖經》，從中尋求啟示和教諭。有位友人在信中抄寄「像櫻花般牽引人心，在最美的時候繽紛飄落」的俳句，也在長子過世的傷痛時，撫慰了他們夫婦的心。

第10章　流亡際遇

李登輝出任台灣省主席的第二年，夫婦同行訪美。他被在美國的台灣人邀請出席批評中國國民黨的集會，成為大家指責的對象。靜靜聆聽海外台灣人的怨懟，他知道鄉親反對外來政權，期盼台灣成為獨立國家。不只成為中國國民黨一份子，也進入外來政權權力核心，李登輝心情十分複雜。但選擇了這條路，他必須承受這種考驗。

他知道彭明敏這時人已在美國。經由瑞典的庇護，彭明敏來到美國也已多年，他在中國國民黨發動的詆毀和特務監控中，旅行全美和加拿大各地，在學術機構、教會、公共論壇、台灣留學生社團和同鄉會演講，並經常接受報紙、雜誌訪問。

李、彭兩人從一九七〇年以後就分道揚鑣，雖然人都在美國，也不能相見。彭明敏了解他的心情嗎？李登輝在心裡追問著，夜晚的天空浮現的月亮那麼明亮，他心裡感到惆悵。藉著國內傳來省立豐原高中禮堂倒塌，二十多位師生死亡，八十多人輕重傷的事件的通知，他和妻子抽身回台。

一九七〇年初，彭明敏變裝，拿換了他照片的日本護照出境，經過二個國家航站轉機，於半夜抵達瑞典的斯德哥爾摩機場，攝氏零下二十五度低溫，冷得凍人，迎接他的是三對瑞典夫婦。穿上他們帶來的厚重衣物，沒有入境旅行文件的彭明敏被帶到一個辦公室，警察禮貌地記錄他的姓名，就進入一個友善的國度。一些手續是隔天才補辦的。他被接待在一對夫婦家裡，他們都是國際特赦組織瑞典分會成員。房間放著一束鮮花，卡片寫著歡迎來瑞典的英文字句。

飛越半個地球，入睡前的彭明敏腦海浮現兩個截然不同的世界：一個是文明的；另一個相對恐怖和醜惡的。補辦入境手續後，等待瑞典政府正式核准的一個月期間，他住在接待家庭，其中的一家宅邸可以看到港口，是一位科學家住所。為讓掩護協助的海外人士安全離台，才發布消息，大約經過十天，台灣方面才知道他已逃亡。

台灣當局不相信彭明敏已在瑞典，以為是聲東擊西，封鎖全國港口、機場，詳細出境檢查，許多人都被偵訊。確認了逃亡後，彭明敏的妻子、兒女都被拘押，甚至連累一些親屬。中國國民黨的高幹、政府部門，開始時不相信這一切，根據特務的監視紀錄，在彭明敏抵達瑞典時，他仍在台灣各地旅行。特務的報支單據，開銷無數，作假中飽私囊。調查局一干人被革職，局長自請處分，甚至有人被指對彭明敏壓迫太甚，造成他逃亡。

台灣當局造謠說美國中情局協助逃亡，否則決不可能。台灣當局不只在國內極盡騷擾，也對許多國家要求對彭明敏設下阻礙，防止他進入美國和日本。

彭明敏被安排在一家博物館整理分類資料。寄住處主人伯納教授常帶他去海邊的別墅度假，以解鄉愁。伯納教授去學校講授醫學課程時，也順道載彭明敏去博物館上班。在政治庇護批准後，居留權終於下來了，可以自由旅行，讓流亡的他寬心不少。瑞典政府也允許彭明敏家人來和他一起生活。但寄回台灣給家人的信，都沒有回音。

一些來自英國、瑞士的邀約促成了他在倫敦、日內瓦的演講。在倫敦的一個星期，他天天去國際特赦組織總部，也感受了這個人權組織的貢獻，更讓他愛上第二次到訪的這個城市，回到斯德哥爾摩不久，又飛倫敦，在國際特赦組織英國分會演講，並順道飛瑞士日內瓦，訪問普世教聯，討論台灣政治和宗教情勢。從倫敦去了加拿大的多倫多和蒙特婁，見了許多老朋友。回到斯德哥爾摩不久，思考移居美國或日本，後來還是到海外台灣人最多的美國。

他在人類學博物館的工作升任為正式研究員，待遇很好，但彭明敏也不得不離開這個有人情味的美麗國家。對台灣有某種責任感，放不下心，想要到台灣人多的美國或日本，一起為台灣作更多努力。

美國密西根大學對彭明敏加入他們的中國研究中心極有興趣，但瑞典的友人認為有危險，很容易讓台灣的統治當局找到暗殺機會。一些美國記者談到這個問題時認為中國國民黨不會愚蠢到冒這種對自己可能致命的風險。剛好美國紐約發生黃文雄、鄭自才刺蔣事件，訪美的蔣經國在廣場大飯店受到驚嚇，引起一些政治騷動。一些朋友認為這會讓美國國務院顧慮較多，不利於簽證的申請，但彭明敏仍決定赴美。他提呈密西根大學的聘書，申請「文化交流」簽證，經過一再的問話，大約一個半月，美國在斯德哥爾摩領事館副領事電話中告知好消息。

「恭喜！華盛頓通知你的簽證批准了。」彭明敏一掃等待簽證的憂心，並依照通知作了身體檢查，並補辦一些手續。

領事館的人員態度親切多了，在交付他文件時，還笑著說：「你了解到美國是要在大學作研究，希望你不會偏離目的。」

他的美國之行，先在挪威的國際特赦組織全球年會演講，取道奧斯陸、倫敦、蒙特婁到底特律。那場演講，他答謝了國際特赦組織的救援，並為仍陷於鐵窗內的良心囚犯發聲，期待國際特赦組織能成為「人類良心」的守護者。

彭明敏也藉與會演講向在倫敦和斯德哥爾摩結識的朋友致謝。經由底特律海關再踏上美國土地，距出任駐聯合國代表團顧問出席聯合國大會後，已相隔十年。他拿的是瑞典政府發給的無國籍者證件。

第11章　體制內外

彭明敏在密西根大學的研究計畫是「台灣『國家緊急狀態』的法律和政治」，範圍包括百年來台灣的國際地位。在自由的學風中，他受到許多鼓舞，有許多演講邀請，許多訪問報導。隨著中華民國在聯合國的中國代表權被中華人民共和國取代，中國國民黨對台灣軟硬兼施的兩手策略，顯示台灣人在政治上的權力分享，但目標並不是為了台灣，而是流亡在台灣的殘餘中國政權，黨國化、虛構的國家。

李登輝是被蔣經國物色的台灣人。彭明敏在美國成為海外台灣人獨立運動領袖，致力於台灣脫離中華民國黨國體制時，李登輝正忙於協助蔣經國穩定統治條件。

兩個人從朋友成為站在對立面的敵對者，台灣的歷史際遇和發展情境造成這樣的局面，應是兩人始料未及。

彭明敏被邀出任在美國的台灣獨立建國聯盟主席，成為海外台灣獨立建國運動象徵性領導人。離開這個職位後，他參與了為加強在美國國會遊說的台灣人公共事務會（FAPA）的創辦。台灣當局駐美的情報人員、特務對他的活動，干擾不斷，在公共集會場合打擊，甚至羞辱他。

與其說彭明敏從事的是台灣獨立建國運動，不如說他努力的是促進公民自決的覺醒，他認為有思考、批評能力的台灣知識份子應該努力讓台灣人民認知自己的權利並行使這樣的權利，要求改變台灣的現狀。聯合國逐出中華民國，將中國代表權交予中華人民共和國，台灣的國家地位並未解決。台灣人民和中國國民黨統治當局面對不同的課題。

李登輝被延攬為行政院政務委員，並於蔣經國就任總統後出任台北市長，十年的歷練後，成為台灣省主席。他與他的朋友彭明敏走在不同的路上，平行分隔在太平洋兩岸。在中國國民黨的權力核心圈，外來政權和本土意識的矛盾、衝突在他心裡糾葛。

他選擇在體制內，而非彭明敏在體制外，兩人的努力像是有競爭關係。彭明敏應該會理解他吧，李登輝心裡這麼想。

李登輝也一直關心海外台灣人的政治運動，但小心翼翼，他知道這是一條漫長的路，不到盡頭無法坦露心跡。在政治權力核心圈，也處於最危險的地方，李登輝在煎熬中守護著信念。

一九八四年，蔣經國選擇李登輝為副總統，拉開了與林洋港、邱創煥的政治權力距離。李登輝的知識精英條件、林洋港的選舉歷練、邱創煥的官僚經歷，各有特點。蔣經國的最後選擇，李登輝脫穎而出。

謝東閔的副總統被取代，這位半山出身的台灣人對於李登輝似有怨懟，林洋港、邱創煥也不盡心服，李登輝從此面對的不只是隨中國國民黨流亡來台的政治權力高層掣肘，也面對同樣是台灣人在政治權力之途的敵意。

蔣經國深思遠慮的城府，考量了副手的條件。林洋港有選舉經驗，鋒芒畢露；邱創煥平庸，恐不足以因應政局變化的挑戰；李登輝知識教養條件優，有國際視野，或是關鍵。但傳言認為，李登輝喪子，不會有權力擅自傳承的私心牽絆，才是出線原因。

美麗島事件發生時，擔任台北市長的李登輝無法表達關切，甚至對發生在台北市內的林宅血案，他也無能為力進行調查。心裡承受煎熬的他，在蔣經國授權下，安排釋放包括林義雄在內的美麗島事件受刑人，李登輝感覺是為上帝做了事工。

一九八五年，他改在濟南教會作禮拜，台灣基督長老教會正逢在台一百二十周年，發表過「人權宣言」主張台灣建立一個新國家，對中國國民黨有許多批評，高俊明牧師甚至以教會總幹事，因信仰、庇護美麗島事件受通緝的施明德而成為政治受難者。

李登輝走在中國國民黨與台灣獨立運動之間的一條路，在教會的信仰和現實政治之間尋求某種平衡。

一九八六年秋天，黨外人士在戒嚴體制下，組成民主進步黨，挑戰黨禁。以美麗島事件受難人為核心，但有些重要參與

者仍在獄中受刑，事實上是以事件辯護律師群為主幹，包括黨外雜誌作家的編聯會成員、地方黨外政治人物，以及一些受刑人家屬。

蔣經國並未對民主進步黨的成立採取政治處分，在政治改革運動風起雲湧的社會現況中，一九八七年夏天，長達三十八年的戒嚴令解除了。之前，蔣經國接受美國《時代周刊》訪問，公開表示流著蔣家血的總統就到他為止的一席話，以及「我也是台灣人」的告白，讓李登輝印象深刻。國際現實和國內政局的變化，歷史似有某種不能被人為控制的律則在進行。

第12章　國家治理

一九八八年一月十三日午後，來自蔣經國官邸緊急傳喚的紙條，讓李登輝忐忑不安，立即驅車趕往。到達時，蔣經國已在五分鐘之前過世。在場的還有沈昌煥、李煥、郝柏村、俞國華、秦孝儀，以及蔣經國僅存的兒子蔣孝勇……五院院長都到了之後，大家研擬起草了一份遺囑，每個人簽上名字。李登輝順勢繼任為總統。

當晚八時八分，在蔣經國過世四小時後，李登輝在總統府宣誓就任總統，主持宣誓的是林洋港，時任司法院長。總統是依法繼任了，但中國國民黨主席呢？台灣人，黨齡又淺，杯葛他出任黨主席的大有人在。蔣介石遺孀宋美齡示意延遲決定黨主席，但在爭議中，中央常務委員會仍以多數決決定李登輝為新任黨主席。在黨國體制下，身兼總統和黨主席，權力形式是黨、政一把抓，算是登上權力的高峰。

一九八九年，李登輝出訪新加坡，被稱為「來自台灣的總統」。他以

「不滿意，但可以接受。」回應外界的詢問。採取務實外交的政治路線，李登輝指派財政部長郭婉容，以理事身分出席在中國北京的亞洲開發銀行年會，在許多記者採訪中，會場的 Taipei China 桌牌旁，放了台灣表達抗議中的 Protesting。開幕式演奏中華人民共和國國歌時，郭婉容也依照國際禮儀起立，但台灣代表團並未和其他國家理事一起拜會中國國家主席楊尚昆和中國共產黨總書記趙紫陽。

接任總統的李登輝思考台灣與中國的新關係，他想起就任時，美國《華盛頓郵報》以「中方致贈橄欖枝給堅決反共的蔣經國總統」報導趙紫陽總書記弔唁蔣經國，思考兩岸和平的可能性，李登輝這時也開始想像自己可能的努力。

一九八九年，台灣和中國各自發生政治大事。四月七日，《自由時代》的鄭南榕在雜誌社自焚，為堅持言論自由，抗拒軍警破門拘提，留下「Over my dead body」的誓言，以身殉道。他是在雜誌刊登旅日學者、也是台灣獨立運動領導人之一許世楷的「台灣共和國憲法草案」，被以叛亂罪偵辦，拒絕出庭應訊而壯烈犧牲。

李登輝身為總統，面對這樣的事發生，想到自己過世的兒子，相近的年齡，本來應該在未來的時代煥發光彩，卻英年早逝，有無法說出的傷痛。即使在總統高位，但權力未必穩定，

他也只能謹慎以對，避免黨內扞格。台灣內部要求改革開放的聲音，愈來愈大，中國國民黨面對的挑戰也愈來愈多。

中國在同一年的六月四日，發生「血腥星期日」的鎮壓、屠殺的六四事件，人民解放軍的坦克輾壓靜坐抗爭青年、學生、機槍掃射在天安門廣場不散群眾的駭人聽聞天安門事件，令人怵目驚心。

相對於柏林圍牆被拆除，東歐自由化，共產統治解體，中國的共產專制頑強地對抗世界的民主新浪潮。鄭南榕為自由焚身讓李登輝想起布拉格之春，華沙公約組織從波蘭調動坦克車驅入捷克鎮壓，一位哲學系學生焚身號召同胞挺身抵抗的二十多年前往事。

自由，畢竟是青年之夢，不自由，毋寧死，台灣也應該走上開拓自由之路，不能阻擋。在總統的位子，李登輝思考著能夠為台灣作什麼？但權力並不穩固，他隱藏著自己的心。

蔣氏父子的黨國時代，黨政軍一把抓，牢固地宰制一切。李登輝坐在象徵性的權力高位，但四顧周圍，孤單的形影處於茫茫之中。他擁有的是：立足的土地與生活在這個島嶼、認同這個存在之所，對脫離悲情歷史、尋求建構一個自由的國度有夢、有憧憬的人們。

李登輝權力的令諭來自蔣經國，他繼承的權力位置也來自蔣經國死後的殘餘任期，以蔣經國私塾學生為名，他事事敬謹，藉著奉行遺志，穩定他在黨國體制環伺的立足點。民主進步黨站在政治權力的相對位置，形成異於黨政軍、逐漸壯大的社會力。不同於其他黨人視為敵對的政治團體，李登輝或是以改革的側翼看待台灣新興的本土政黨。或許，裡應外合才能開拓台灣新境。

在信仰中，李登輝尋求指引和庇護力量。他常藉由家庭禮拜沉靜自已的心靈，誦讀《聖經》，在政治風雨中尋覓方向，鋪設改革之路。台灣人對他有所期待，海外的台灣人也對他有所期待。「李登輝情結」反映其間，一種複雜的心緒不只存在於民主進步黨人和支持者，更存在於海外台灣人運動團體。一九八〇年代末，東歐自由化的浪潮也鼓舞了台灣人。

第13章　社會衝擊

台灣的政治改革運動不斷在環保、人權、農漁工權利、教育等面向發展，海內外的串聯帶動蓬勃形勢，民主進步黨人士與海外的台灣人團體密切交流。世界各地的同鄉會在美國的東、西、南、中，日本、南美洲、歐洲各國的組織，每年暑期都有年會活動，一九八〇年代後期，台灣解嚴，「新國家」、「新社會」、「新文化」常是海外台灣人夏令營以及同鄉會年會的主題，不只政治人物，一些文化界參與改革運動的人士也常常應邀演講、座談。彭明敏是許多訪美台灣人想見到的神祕人物。

彭明敏早已退出台灣獨立建國聯盟主席，也離開海外台灣人公共事務會，在台獨聯盟主導的同鄉會夏令營少有露臉的機會，有些訪客是在新組織亞太民主協會看到他的身影。

因緣際會當上總統的李登輝，逐漸成為一部分海外台灣人，特別是在美國的台灣人寄以厚望的對象，期待他為台灣有更多作為，甚至逐漸形成李登輝情結。體制外改革的象徵性代表人物彭明敏和在體制內被高度寄望的李登輝，隔著太平洋在遙遠的兩岸互相輝映。海外的台灣獨立建國運動團體甚至也有一些人開始對李登輝產生情結，從原先批評他投入中國國民黨、協力統治台灣，逐漸轉為期待，團體內部意見分歧，觀點互異。

彭明敏流亡海外，在美國的生涯二十年之際，台灣有很多變化，突破許多政治禁忌。國會逐漸有異於中國國民黨的聲音，而且也與其他國家的國會議員有聲息互動，美國的參、眾議院都有台灣的友人。但彭明敏有他極具淑世的個性，他不譁眾不取寵，有某種自我堅持。與其說他是政治家，或更是文化人、學者。

他與台灣獨立建國聯盟的領導成員之間，也不盡融洽。解嚴那年，姊弟來美國和彭明敏見面，孤獨的行旅有短暫的歡愉，但對妻子、兒女，他是感到虧欠的。他不奢望諒解，但牽絆的心像一條長長的線，常常感覺到隨心跳抖動著。

李登輝繼任總統第二年，他將已經當了參謀總長八年的郝柏村任命為國防部長。被認為是軍事強人的郝柏村，經歷蔣介石、蔣經國父子兩代的軍令高職，轉為軍政首長，算是明升暗降。即使宋美齡私下「拜託，千萬別讓郝柏村卸下參謀總長的職務，好不好？」李登輝也不為所動，他刻意要宋美齡留下交代此事的字條，並存放於保險箱，以備需要時之用。

他知道他會面臨新一屆總統黨內提名與競選的權力鬥爭，如果不能繼續以總統之位領導台灣，改革之夢會成為泡影，但黨內不只外省權貴，甚至本土也有競爭者，權力的競奪各懷鬼胎。繼任總統以後，李登輝也聽到調侃的傳聞，什麼隨扈在廁所外問蔣經國副手提名人選，蔣經國應聲「你等會」被誤聽為「李登輝」，因而脫穎而出。也有一些人以李登輝就任台北市長時，在市長官邸與到訪的蔣經國晤談，夫婦兩人沙發只坐了前半側，說他還真會假。李登輝隱忍著，但他可不是坐以待斃的人，他決意參選下任總統。

權力的挑戰來自原來的黨國構造，蔣經國雖然選擇他當副總統，但未必就是下任總統。他的兩年總統被中國國民黨權重高層挑戰，認為只是因為蔣經國猝逝的偶然，黨內挑戰者眾。黨主席之位是幾經波折、備受挑戰才坐上的。殘任的兩年後，在黨政軍合縱連橫的競

奪中，克服了重重阻礙，在國民大會代表選舉中，當選總統，走向在台灣的中華民國名符其實領導人。

一場在蔣介石紀念廣場，大學生發動的野百合行動，要求更多的政治改革，李登輝要求學生推派代表入總統府，聽取他的一些承諾後，和平撤出廣場。他借力使力壯大自己，讓一些國大代表見識了他的權謀，從冷漠以對轉而投向支持。他出人意料找了當過大學校長、法務部長的李元簇為副總統人選，搭檔競選。採取的是台灣人為正，中國移入者為副的組合，走向權力過渡時代的布局。

第14章

政治謀略

李登輝當選總統後，任命郝柏村組閣，出任行政院長，社會一片譁然。其實，李登輝藉由郝須辭卸軍職，以文人身分，算是拔去原來在軍中的權力，等於拔除軍事強人的虎牙以及軍事強人在軍中的力量。但已邁向民主化之路的台灣，民間社會從表面來看，批判之聲不斷。「反對軍人干政」的示威遊行，喧天作響，並靜坐在歷史博物館的廊柱間、台階上。大幅布條懸掛抗議標語。報紙頭版大大的「幹」宣洩言語無法表達的憤怒。

思考著如何在六年任期改變台灣的李登輝，想到野百合學運，借力使力的策略。上任後次月就以六天的國是會議，廣邀海內外社會精英、賢達，集思廣益，政治異議份子也在名單內，扭轉軍人組閣的風暴。一些因《動員戡亂時期臨時條款》造成的制度問題，省主席及院轄市長，甚至總統、副總統直選，都是議題，如何建立兩岸已各不相屬國家之間

制憲！制憲！制憲
解散國會
除老
制憲

的新關係，都看到他的改革構想。

李登輝用給予退職金加優惠存款的條件，勸退大多已無法任事的立委和老代表，這是因為中國國民黨為長期壟斷政權，以反攻大陸成功為任期，形成有些老代表要由擔架抬進會場行使職權的荒謬現象。這些代表正是選出李登輝為總統的人，他找到以錢解決問題的方法，反映了權宜行事的辦法。

以「統一」之名，促「獨立」之實，《國家統一綱領》也在第二年通過。統一之名，取黨政軍的心，但「中國在政治上民主化」、「中國決心實施自由經濟」、「中國成為公平社會」、「軍隊不再屬於中國共產黨，而歸國家所有」的前提，其實是不可能的，反而凸顯兩國的差異。

李登輝的政治兵法逐漸顯出謀略的城府，讓人摸不著路數。他拉攏黨內協力者，進行權力布局，形成鞏固城堡，避免黨內疑忌。另一方面，尋求步步進逼的本土政黨外合，更在民間勤走，建立社會支持條件，在權力之途，李登輝已非昔日，逐漸展現武士之貌。

以蔣經國路線之名，李登輝借力使力，他深知黨國權力體制彷彿黨政軍特羣固的城堡，以蔣家為核心，中華道統為意理，形成威權侍從體系，牢固盤據著。他必須依恃這種力量，也必須破解這種力量，小心地走在鋼索上。最危險的地方最安全，在權力的虎口最接近權力，但必須適時地決斷。

脫離軍職的郝柏村仍在行政院內召開軍事會議，軍事強人顯然無視分寸。在野的民進黨立法委員葉菊蘭以此質詢，郝柏村面容失色。一句「誰告訴妳的？」被回以「我丈夫鄭南榕在天上的靈魂託夢給我的。」議事堂哄堂大笑，引發輿論撻伐。李登輝讓郝柏村暴露了可能被拔換的越權問題。

為強化政治改革的正當性，李登輝當選總統，就任不久，就召開國是會議，他走出中國國民黨中常會的權力核心圈，也走出立法院的國會權力形式，廣邀學者專家、社會賢達、反對黨人士，共襄盛舉。流亡海外的彭明敏也是他邀請人選，但彭明敏要求，除非撤消對他的通緝令，否則不會參加。並以「你請我吃飯，卻在門口放一隻獰猛狼狗要咬我，我怎麼去？」回應台灣政府在美機構的聯絡人，包括駐美代表。李登輝一番努力，排除黨內高層的反對之聲，他對彭明敏拒絕回台參加國是會議，有些失望，甚至認為不給面子。

進入權力體制的人和在體制外的人，想法不同，兩人畢竟走了不一樣的路。

第15章　權力交鋒

紳士的彭明敏與武士的李登輝，在太平洋兩岸，分隔二十年，似乎重新有了交集。雖然兩人未能在國是會議相見，但兩人對台灣國家的夢想仍然相互照映著。

彭明敏在李登輝競選總統時，在紐約召開記者會，公開支持他。反對中國國民黨的他，以台灣現實為考量，認為李登輝在繼蔣經國殘餘的二年總統任期，繼續競選擔任總統，台灣的政局才會安定。

因為這樣，他被曾領導過的台灣獨立建國聯盟昔日同志批評。一九七一年，他從瑞典到美國時，曾經以聯盟主席強烈主張開除在日本的聯盟同志辜寬敏，因為辜寬敏私下回台灣見了蔣經國，聯盟是台灣獨立運動的剛性組織，會出面批評彭明敏表態支持李登輝，可以想見。

從蔣經國到李登輝的權力移轉被視為外來政權轉接到本土政權，但過渡仍須深化，搖晃仍要穩定，李登輝承擔大任，不只因緣際會，也是必要的演化，偶然應成為必然。

李登輝與彭明敏對台灣都有夢，分別從日本京都帝大和東京帝大回到台灣都進入台北帝大改制的台大完成大學學業，而且成為朋友，在政治、經濟、法律三系的三三會，留下跨越兩個國度的台灣青年共同夢想的點點滴滴。曾經激烈批判中國國民黨政府的李登輝加入這個黨；但曾被蔣介石倚重，視為台灣國際地位問題重要智囊的學界之星彭明敏，卻識破黨國流亡殖民性的荒謬，號召台灣人民展開自救運動，成為階下囚、被軟禁者，而流亡海外。彭明敏知道李登輝和他對台灣有共同的夢，但選擇走不一樣的路。即使入黨，但他的心應該不會變。

「命中註定必須成為雙重人格者，如果要承擔台灣的宿命，繼續生存下去，只有背著矛盾，用自己的方式行動。」彭明敏認為李登輝內心應該有台灣人的自我與中國國民黨黨員的自我，不停地交戰，毅然走上這條雙重人格者的道路。

一九七〇年到一九七一年，兩人的歷史際遇轉折，以背對背的走向遠離，一在台灣，一在海外，一在這裡，一在彼方。彭明敏也曾面對被迫成為雙重人格者的抉擇，幾個月的內心交戰、煎熬，他下決心挑戰流亡殖民黨國政權，導致自己被迫流亡出國。他能夠體諒李登輝，因為當初他以不到四十之齡出任駐聯合國代表團顧問時，也體會那種情境。沒有成為雙重人格者的彭明敏，寧為玉碎，不為瓦全，一條悲壯的路。

而李登輝選擇了另一條路，背著十字架，不到盡頭無法見出真章。

李登輝以終止動員戡亂時期、廢除臨時條款方式，解除海外黑名單的入境管制，流亡海外的異議份子得以返台，彭明敏也在列。

李登輝經由國民大會選舉，續任總統時，彭明敏曾託人帶信，對李登輝有一些建議，包括總統府親民化、政府文告平易口語化，對台灣人

政府，對李登輝執政，他是有期待的。

彭明敏的通緝令撤銷後，重新拿到護照，一九九一年年底，回到闊別二十年多年的台灣，他入境時受到民進黨人士和民間仰慕群熱烈的歡迎，但沒有政府官員。正值選舉期間，邀請站台助選的候選人旗海翻騰。彭明敏覺得自己仍被監視，他知道情勢並非李登輝說了算。

有一天，李登輝捎來見面之約，是在家裡。安排他先到李登輝擔任會長的「文化總會」由祕書長黃石城接待，說晚間會派車來接，但車窗要遮蔽不要讓人看到。拒絕這種偷偷摸摸的安排，重視尊嚴的彭明敏回絕了邀請。李登輝似乎耿耿於懷，還向友人說，若他去看彭明敏，也一樣要避人耳目。台灣人總統在權力的最高位置，不一定有最高的權力。

第16章　改革運動

李登輝遵守野百合學運對學生的承諾，黨國時代留下來未改選的國民大會代表、立法委員、監察委員，都去職了。中華民國進入八十一年，立法委員才進入第二屆，新內閣組成，但郝柏村的院長職務已經由連戰取而代之，他是李登輝初入閣時同為政務委員的連震東之子，也是彭明敏的學生。

李登輝面告郝柏村這項職務變動時，郝柏村似不能接受，甚至聲量提高。李登輝以要由年輕一代接替，談著談著似乎動怒。

「任命閣揆是總統、我的權力！」他的語氣顯示某種決斷力和意志，隱忍的內心逐漸突破掩飾，再也壓抑不下。李登輝想到白頭盔憲兵夜晚從家裡帶走他去警備總部問話，仍留在自己記憶裡的恐怖經驗，心裡倒抽一口冷氣。

「現在要處死你李登輝，比掐死一隻螞蟻還容易。」二十多年前偵訊人員的一句話，烙印在李登輝意外走上的政治之路。他要讓自己執政下的台灣，不再夜晚擔心白頭盔來敲門，不再有那樣的戒懼心情。

日本作家司馬遼太郎來台訪問，出版他的《台灣紀行》，李登輝自述台灣人歷史際遇與生命情境，一句「生為台灣人的悲哀」引喻他喜愛的日本哲學家西田幾多郎「場所」觀，意味經歷的時間與存在的空間的歷史處境，成為台灣人關注的課題。司馬遼太郎勸李登輝不要再次選總統，但是他心意已決，決定修改《憲法》改總統直接由人民選舉，並再經直選成為人民意志直接付託國家領導權力的總統。

李登輝在黨內，培植連戰、宋楚瑜，相對削弱李煥、郝柏村等的相關勢力。表面上，是世代交替，骨子裡，也培植了自己的力量。恩威並施、剛柔並濟，熟悉武士道、學過劍道，又博覽群書，喜讀哲學的他，常以德國詩人歌德的《浮士德》為訓，琢磨人性，出入政治鬥爭的權力叢林。

台灣由日本時代走向中國時代，再由中國時代走向台灣時代，內含政治形勢的轉變，更意味文化思維的變容。國家的意義才是他真正關注的，政治的形式、權力的本質都是為了建構含納生活在命運共同體台灣的人民。純粹以文化人看李登輝、期許李登輝的司馬遼太郎，生活在已完成文化、經濟、政治在社會構造中各司其職的日本，已完成近現代化的文明國家的形塑，並不盡然了解李登輝的使命。也許，他是珍惜李登輝的文化才具，不讓他的人生，孤注一擲於仍在前近代性的政治競奪之中。

一九九五年，李登輝應母校康乃爾大學之邀，前往演講。他的「民之所欲，常在我心」突出了台灣總統的民主理念，與中國相比，呈現極大反差。民主化的台灣與集權性的中國，是截然不同的政治體。中國的

CORNELL UNIVERSITY
I WOULD FOUND AN INSTITUTION WHERE
ANY PERSON CAN FIND INSTRUCTION IN ANY STUDY
Founded by Ezra Cornell

共產黨政權仍不放棄併吞台灣，以承續中華民國為由，既接替了聯合國的中國代表權，也想接收中華民國，完成其所謂統一的使命。但台灣怎會屬於中國？李登輝知道他面對的已不盡是中國國民黨，而是中國共產黨。民主的台灣是專制中國的芒刺。民主讓中國領導人有危機感。

這一年春天來臨前，李登輝以總統身分主導的國家二二八紀念碑，二月二十八日在台北新公園舉行落成典禮。距事件發生已四十八年，蔣介石、蔣經國父子都已過世，事件關係人未曾向台灣社會道歉，甚至在一九八七的解除戒嚴之年，軍警仍監控以「公義和平運動」為名的遊行。李登輝在落成典禮上，公開為政府的處理不當向受難家屬道歉，一種替代的道歉，台灣人代表外來政權向台灣人道歉。

二二八事件發生時，彭明敏的父親彭清䨇是高雄市議會議長，受邀擔任事件調查委員會委員，也被代表鎮壓的高雄要塞司令彭孟緝扣押，許多台灣知識份子文化人受難，形同被進占統治政權清除障礙，台灣人因而屈辱地蹲伏著，任人宰割。生為台灣人的悲哀如何轉化為生為台灣人的幸福呢？李登輝這麼想，彭明敏也一樣。

第17章　光芒畢露

命運的奇特安排，造化的巧妙捉弄，台灣總統直選的第一役，李登輝和彭明敏面對面對決的時際來臨了。民主進步黨以這是政權真正台灣化的起點，政治改革運動的推進，從體制外到進入體制，以民主的方式，經由選舉執政，台灣才能脫離類殖民狀態。彭明敏被視為與李登輝旗鼓相當，他雖然不是美麗島事件受難人，也不是民進黨元老，但歷史地位特殊，流亡二十多年回台灣後，才加入民進黨，代表民進黨競選總統的社會呼聲大於黨內其他人。

而李登輝在中國國民黨內則受到挑戰，殖民意識論外來群落的權貴似已無法忍受他們的黨和國由本土台灣人主導，本土台灣人在黨內資歷比李登輝深，也曾被蔣經國倚重的政敵也被慫恿挑戰，在李登輝確定成為中國國民黨參選人後，林洋港找了郝柏村搭配，陳履安找了王清峰搭配，同樣是本省人、外省人組合，只是顛倒位置。

關鍵時代的總統直選，高漲的台灣意識本土論分據在民進黨和中國國民黨以李登輝為中心的台灣派。李登輝和彭明敏共同的友人擔心選票瓜分，被坐收漁利，想以大局為重勸退彭明敏，但兩人競奪仍成定局。

李登輝、彭明敏兩人夢的兩條路，起點是戰前從台北高校、京都第三高校，分別經原京都帝大、東京帝大而戰後台灣大學，發展出來的。特殊歷史構造形塑的台灣這個「場所」，也形塑了兩位台灣的知識份子、文化人。兩人的政治之路都是偶然，一在蔣介石時代被引為台灣國際地位課題的智囊，一被借重農業經濟振興。彭明敏的「台灣人民自救運動」想法，使他成為政治良心犯，流亡海外；李登輝取而代之，在虎口下等待，終於脫穎而出。

相隔於國境內外二十多年之後，又重逢於自己的國度。

黑名單解禁回台後，因須遮遮掩掩，彭明敏拒絕與李登輝會面，就這樣過了幾年，兩人只從公開的信息知道彼此，彭明敏從返台的各地見面會和仰慕他的人們聚首，以彭明敏文教基金會組織展開活動，李登輝在黨內披荊斬棘突破重圍。

他們兩人，在對台灣有國家之夢的台灣人心目中，與其說是對手，不如說是同路人。

以「台北市政經營者」、「台灣省政經營者」、「國家經營者」形貌登場的李登輝，雖然面臨脫黨參選人的挑戰，被瓜分中國國民黨支持群的選票，但他的台灣人身分鞏固了黨內本土勢力，甚至吸引原先支持彭明敏的本土支持群。

因為李登輝因素，中國國民黨形同由台灣國民黨走向侵蝕了民進黨的支持版圖，打出「經營大台灣」口號的李登輝光芒畢露。彭明敏的孤

高形影喚起台灣人對他政治良心和顛沛經歷的崇仰心，他身上背負著台灣人的命運。

曾因彭明敏公開支持李登輝，在蔣經國殘任後、競選總統而批評他的台灣獨立建國聯盟的成員，也有許多人對李登輝寄以厚望。

選舉結果，李登輝以超過百分之五十四以上選票大幅領先，彭明敏獲將近百分之二十一左右

選票，兩人遠遠把其他對手拋在後面。李登輝的新時代燦爛登場，而彭明敏則一償為台灣明志之願。

貝多芬的九號交響曲《歡樂頌》在李登輝就任中華民國台灣第九任總統就職典禮會場響起時，林口巨蛋會場洋溢歡欣氣氛。李登輝意氣風發地發表就職演說，要帶領台灣邁向新時代。他開懷地迎向每一個參與盛會的人，用他有力的手握著向他祝賀的國內外嘉賓、友人。中國為騷擾大選對台灣周邊海域發射騷擾飛彈的威脅、恐嚇，被李登輝幽默對之，交織美國航空母艦巡弋周邊的對應形勢。

第18章 政黨輪替

在彭明敏心目中，李登輝並非才華洋溢、才氣煥發的人，而是默默耕耘、耐性堅實，持久有恆的類型，是一位好總統。兩種矛盾的身分交集，一是台灣人總統，另一是中國國民黨主席。民主化和黨國利益相互衝突，必須有雙重人格才能承擔。權力之途能夠從一九七一年走到一九九六年，既有偶然性，也有必然性。

李登輝在現實上，可以是日本人或中國人，可以把台灣人身分自我掩藏，等待顯現的時機。他說台灣不必再說獨立，但是被認為是台獨。他以「權位」和「金錢」兩刃處理政治障礙，進行李登輝式的革新運動，既想繼續以台灣化厚植中國國民黨的力量，也想培植民進黨的制衡力量。喜讀《浮士德》的他，體認人性，借力使力，用於自己的目的，不計毀譽，致力於把台灣的被殖民性轉變成有主體性的國家。

彭明敏對李登輝一邊喝進髒水又能一邊吐出髒水嘆為觀止。他不像李登輝，因此在現實裡無法實現理想。政治是現實的，李登輝後來居上。在彭明敏流亡異國的二十多年，他磨礪於政治權力之途，化不可能為可能，從意外出任的國家元首，終於成為國家真正領導人。

彭明敏慷慨明志，自一九六四年九月二十日，就和兩位學生以「台灣人民自救運動宣言」建立精神座標，具有台灣知識份子文化人的典範性。而李登輝的心，從一九七一年起，經由不斷完成的功業，才彰顯出來。兩種截然不同的人生，相互輝映，有如日與月。誰是日？誰是月？或有時兩人各為日或月？

李登輝路線擠壓民進黨的社會支持，引起民進黨路線之爭。執政優先？或獨立建國優先？議會路線？或社會運動路線？李登輝不只在中國國民黨掀風作浪，也攪動民進黨路線的火花。

李登輝從蔣經國殘任二年，繼而國民大會代表選舉的六年任期，再進入人民直選的四年任期之初，建國會成立，彭明敏被推舉為會長。建國黨創黨後，彭明敏成立基金會繼續關心台灣，並未接受主席職位，而由中研院院士李鎮源出任。李登輝路線與彭明敏都是台灣路線，卻分別為中華民國和台灣共和國路線，建國會、建國黨與民進黨競爭，更是與中國國民黨對立。

現實主義路線和浪漫主義路線的台灣政治改革運動，延續在野政治改革力量。李登輝路線與彭明敏路線仍然是分據在兩個不同山頭的對手，只是台灣似乎更支持進入體制拚搏的民進黨路線，寧走改革方式而不走革命道路。相形之下，李登輝意志的展現似光奪目。

以精簡行政層級為名，李登輝以凍省名義，其實廢掉台灣的省級形式。被視為他自蔣經國死後左右手的宋楚瑜，形同被削藩、失去幾乎相同中央政府行政組織的版圖。宋楚瑜被視為極具野望的明日之星，以蔣經國路線和李登輝權力護法加持，光芒甚於李登輝栽培的接班人、擔任副總統的連戰。

面對台商紛紛赴中國投資設廠，利用走資化中國的低廉土地成本、勞動條件，以及美歐的關稅優惠，捨產業垂直升級、採取水平移動的傳統產業易地發展，李登輝堅持「戒急用忍」，避免台灣的經濟基盤被掏空。一方面，他號召生活在台灣的人們形成生命共同體，以新台灣人、新時代台灣人，建立新的國家認同。不斷因應形勢改變自己，以「不是我的我」融會他經由博覽群書的見識，朝著心目中台灣國家的新藍圖擘畫建構。

任期末了，他以中華民國與中華人民共和國是特殊國與國的關係，試圖建立海峽兩岸不同政治體的國家關係。但是，中國並不領情，中華民國中國論者，中國國民黨殖民意識論群眾也不能體認他的前瞻性。

二〇〇〇年的總統選舉，李登輝提名他的副手連戰代表中國國民黨。連戰的父親連震東是李登輝出任政務委員時的同事，戰後以半山身分在黨政都有資歷，連戰還曾是彭明敏的學生。但相對宋楚瑜，這位脫黨挾社會聲望，也被黨內殖民意識論群有所期待的末代台灣省長，連戰被認為只是含金湯匙出生的阿斗，只期待風調雨順，不知民間疾苦。

中國國民黨連、宋競奪；民進

黨推出政績優異、卻在台北市長競選連任失利的陳水扁。但曾任民進黨主席的許信良也有總統大夢，脫黨競選。台灣的政黨政治交織個人的權力野心，顯現在民主化形成的過程。

選舉形成連戰、宋楚瑜、陳水扁交戰，許信良被邊緣化的局面。中國國民黨的殖民意識論群支持的是已脫黨的宋楚瑜，連戰只得到黨內本土派的支持。聲勢一路領先的宋楚瑜，讓中國國民黨本土派很緊張。李登輝許多民間友人向李登輝反映，試圖說服將陳水扁列為考量替代對象，避免連戰扶不起，落入宋楚瑜之手。

中國國民黨為連戰撒下大把大把鈔票，但錢似乎大多流入口惠實不至者的口袋，甚至挹注宋楚瑜。李登輝被蒙蔽在作假的民調數字之中，其實民間都知道連戰不只落於宋楚瑜之後，更遠輸陳水扁。

棄連保陳保台的耳語瘋傳，陳水扁聲勢看漲。宋楚瑜爆發中興票券的金錢醜聞，海外置產風波接連而來。最終，陳水扁險勝，依序排名是：陳水扁、宋楚瑜、連戰、許信良。

台灣變天，終結了中國國民黨一黨長期執政。開票當晚，殖民意識論中國國民黨群眾聚集在李登輝官邸叫罵、怒責，把政權旁落的罪指向他。

第19章　風雲變色

連宋競奪，導致中國國民黨落敗，連戰也怪罪李登輝，竟在李登輝表示要辭去黨主席時說，愈快愈好，讓李登輝心寒。三月春的一天，他走出中央黨部，三十年的黨資歷，終須一別。

望著晴空的青天白雲，李登輝驅車返回官邸，經過總統府前，他望了一下這棟巴洛克式建築物，彷彿歷史照映，光在影中，影在光裡。離開中國國民黨是必然，民主化、台灣化，都不是中國國民黨的本質，也非走向。蔣經國賞識、提拔他的本意是什麼？中華民國台灣化？中國國民黨本土化？

一九七〇年代，台灣的中國逐漸被中華人民共和國取代，蔣經國心裡有數。中華民國如何在台灣轉化？李登輝與蔣經國磨合，相互體會無法明說的心意，蔣經國是李登輝權力的庇護者，因他的令箭，李登輝權力之途青雲直上。蔣經國死後，李登輝仍以傳人護身。但黨內的權力風浪波濤洶湧，他必須使出自己的兵法。

在李登輝心裡，黨與國的台灣、本土在地轉化，才能新生。但黨內的殖民意識者，不作如是觀；黨內的本土高層，大多有威權侍從心態，附和者多。李登輝以大義為名，藉社會力支持，走向民主化。他未必是中國國民黨的李登輝，但確實是台灣的李登輝。

李登輝的台灣經營，放在亞洲的策略中，也放在世界的走向裡。但他在中國國民黨的同志，大多只有中國，或只是想殖民台灣。李登輝其實是務實的台灣民族主義者，他的共同體概念包含戰後移入者和本土台灣人，曾以「新中原、大台灣」號召不同歷史際遇，生活在台灣的人們，形塑與共產黨中國不同的新國家，以特殊兩國關係和平共存。他提拔的兩人；宋楚瑜拉攏地方派系、壯大自己；連戰被宋競奪，總統競選落敗。怪罪李登輝。標榜新國民黨連線，曾以反共愛國陣線出草、後來以中國新黨為名的團體，其實守舊而非進步。

離開中國國民黨的李登輝，想起二〇〇〇年總統大選開票結束那個晚上，他拉拔當選的首都市長馬英九，竟出現在他官邸前、在叫罵的中國國民黨群眾中，與其說安撫群眾，不如說是想接收這樣的黨氣。這個人是宋楚瑜之後，殖民意識中國論黨人的寄望者。在李登輝眼中，馬英九缺乏宋楚瑜的草根性，並在連戰後方，伺機啟動，李登輝認為他是譁眾取寵的幕僚型政治人物，隱含著新黨的屬性。

既已離開中國國民黨，一些思慮也只是旁觀者的心思。李登輝拉拔的連戰，成為陌生人；競爭政黨的陳水扁當選總統後，成為台灣之子，與民主之父李登輝相互照映。在歷史之途、人生之路，少有交會，大多平行的彭明敏，對政局的發展，也有感慨。

在彭明敏眼中，李登輝的權力護法宋楚瑜和接班人選連戰，都不是一流人物。李登輝的權力兵法，受挫於他的左右手斷裂。彭明敏認為李登輝沒有識人之明，看人看走眼了。知人知面不知心，在權力政治的城府裡，誰又是真的誰呢？

曾有人問李登輝，為什麼選擇連戰，「用連戰可以避免黨內省籍衝突」，李登輝如是表示，「連戰是半山，也當了多年副總統。人有長有短，考量多種條件，還是認為他最適合。」但是，若有人質疑連戰能力是否較差、較無魄力，是否是因連戰適合擔任幕後的角色，才選擇他，李登輝總會臉色大變。

李登輝內心怎麼想？只有他知道。他常說，卸任退休後，要養幾隻羊，為上帝傳道。但他的台灣主張都實踐了嗎？台灣已脫離悲情的歷史，生為台灣人的悲哀已轉為幸福了嗎？

時代畢竟改變了，陳水扁以戰後世代，跨越過戰中世代，直接從戰前世代，接續了統治權力。不只世代跨越，政黨也替換了。寧靜革命的光環成為李登輝政治功業的勳章。新的台灣人總統陳水扁，既以台灣之子與民主之父李登輝友善，又與彭明敏有類似師生之誼。後李登輝也是後彭明敏時代的台灣，隨著新世紀開啟。

第２０章　世紀交會

李登輝卸任總統與中國國民黨主席後，日本的《正論》從二〇〇〇年十二月到翌年五月，連載有關李登輝人生和台灣歷史的話題，後來在「講談社」出版《虎口的總統》，甫一上市，就造成轟動。

卸任後訪問日本的李登輝在下榻的大阪帝國飯店，看到這本書時，流下眼淚。李登輝在中國國民黨的三十年經歷，當了十二年總統，被日本作家上冬子以藏在虎口裡的總統描述心境和作為，彭明敏也有專章。

這本書在日本上市的次月，就引介到台灣，由圓神出版機構的先覺出版社推出通行中文版。李登輝的形影重新顯現在台灣人的眼前，對照著彭明敏的觀照，交織台灣人的歷史。上冬子將版稅捐出，希望用於李登輝以及對台灣有意義的活動。

二〇〇一年秋天，配合日本作家小林善紀《李登輝學校的教誨》中文版上市，以「先覺世紀對談」為名，李登輝與彭明敏面對面，在台北世貿中心的國際會議中心，進行「跨越兩個國度的人生」的合體見面會。

促成對談的是擔任出版社社長的一位詩人，戰後世代的他，在李登輝任內、經常在時論專欄批評黨國體制，他是在爭取李登輝新書版權，才與李登輝結識。彭明敏則早已結識，並有互動。以「跨越兩個國度的人生」對談是文化性的，也是歷史性的。

主持對談的詩人，感覺面對著父親一代的台灣知識份子、文化人，他們的前輩在二二八事件犧牲殆盡。他們的後輩已進入中國時代，文化形貌大不相同。從小時成長的閱讀經驗，經歷京都帝大和東京帝大的學問養成，在台大完成大學學位，出國留學，分別在體制內外對台灣描繪國家之夢……兩人滔滔不絕，會場的觀眾席，時而屏息傾聽，時而發出笑聲，讚嘆不已。似乎自彭明敏流亡後就凍結在兩人口舌的話語都想傾吐出來，青年時代在台大校園的對話氣氛又重新顯現。兩個在權力體制內外曾戲劇性對決的人，與其說是政敵，不如說是選擇了不同路途的夢想家或革命者。他們的形影讓人看到一個特殊的世代在特別的時代、留下的特別心跡。

兩個小時的預定時間，欲罷不能，現場轉播延長半小時後才結束。兩個人現身說法，以文化觸及政治，成為台灣歷史的見證，也是動人的一堂課。

李登輝、彭明敏兩人這樣面對面，近乎促膝長談，是台大三三會時期之後，難得的交會，象徵日本時代養成的台灣精英寫照。

多少台灣人知識份子文化人，在戰後的政治氣息被窒息。李登輝與林洋港、邱創煥都是蔣經國提攜，被視為接班人選的台灣人，但是李登輝同在體制裡歷經高位的林洋港、邱創煥，卻無對照的文化光彩，反而是體制外的彭明敏互相有歷史互相鑑照的光芒。

他們兩人，在台灣從日本時代進入中國時代的戰後長時期，分別以現實主義的人格特質對應浪漫主義的人格特質，展開他們人生。李登輝帶有社會主義色彩，彭明敏趨近自由主義。李登輝傾慕德國的文化傳統，彭明敏傾慕法國文藝思潮。李登輝出身平凡家庭，彭明敏出身名望世家；李登輝能忍，走了瓦全之路，幸而有成；彭明敏不能忍，走上玉碎之途，留下悲壯英雄的樂章。

對談在如雷的掌聲、熱烈的歡呼聲中結束。「阿輝伯仔」、「阿輝伯仔」;「彭教授」、「彭教授」，叫個不停，掌聲雷動。彭明敏入後台稍事休息。李登輝則走到台下，進入觀眾席，親切地與大家握手。李登輝在政壇打滾，磨練了一番親近大眾、走向人群的庶民風格，似乎收割了對談的成果。

回到台上，李登輝與彭明敏一起和大家揮手，看著熱情回應的大家。主持對談的詩人看著他們兩人的高大身影，想像他們的文化高度，思索著他們的際遇，感觸良多。

夢的兩條路都是台灣人之路，平行但偶有交集，互放光亮，在黝暗的歷史天空呈現。

台灣之子繼承了兩條路追尋的夢，在總統的位置會開創出什麼樣的國家榮光呢？

對談活動結束，要送李登輝、彭明敏離開時，主持對談的詩人和兩人握手，感覺到溫暖的心意和力道。他想到「先覺世紀對談」的下輪，想請李登輝和新總統陳水扁對談「邁向新世紀的台灣」作為傳承見證。總統府方面並無意於此，對談的提議不了了之。

就這樣，台灣進入戰後世代主政的時代，也進入後李登輝、後彭明敏時代。

他們的夢還在嗎？
台灣人還有什麼未完成的夢？

——《蘋果日報》二〇二〇年九月十四～十九日，全版精彩連載

特載：

李登輝與我

彭明敏

人生總有終點。雙方交情曾有起落。惟他去世，給我衝擊，使我悲傷。兩人間種種，回憶湧出，感慨萬千，將一部分，記述於此。

他出生早於我數個月，戰時日本他念京都帝國大學，中途被迫改名服兵役。我念東京帝國大學，中途為了逃避兵役，各所躲藏，終被美軍軍機掃射失去左臂。互相不認識，連名字都未聽過。

戰前台北帝國大學，戰後改名國立台灣大學。台籍學生在日本的「帝國大學」肄業者，無條件轉學台大補學分畢業。人數不多有機會互動，有緣與他（農經）、A君（經濟）三人成密友，常一起吃飯雜聊國事，我談台獨，他大罵糧食局長李連春以「肥料換穀」政策，剝削農民太甚，但似對一般政治較無興趣。台大畢業後，他入農復會，我留校擔任助教，我出國留學，數年後他亦出國留學，回台後我任系主任，他為農復會技正，三個好友還是常聚餐。我因「台灣人民自救宣言」被捕前夜，我們還在A君家吃飯，他們兩人不知道我與謝聰敏、魏廷朝的陰謀，不久A君出國失聯，我入獄十三個月，被特赦，終身軟禁，五年後脫出台灣，流亡外國被通緝二十三年，我們在美國為台灣民主所作所為，他似無好感。他夫妻逢人就說「彭明敏都無進步」，我曾託人問他們我在哪方面無進步，他們就不再說了。

一九八〇年後期，台灣開始民主化，當局對我的觀感也較軟化，甚至美國的國民黨系團體也曾邀我去演講，連戰及一些高官也在場。連戰因台灣發生水災，提前回台。

一九九〇年他舉辦「國是會議」，公言我是愛國者，正式邀我參加，動員國民黨政府幾乎所有的在美機關，包含駐美代表，勸我回台參加，我要求撤銷通緝令，否則不參加（「你請我吃飯，卻在門口放一隻獰猛狼狗要咬我，我怎麼去」），他很不高興，因曾排除國民黨高層李煥等的反對，好不容易堅持邀請我，我卻拒絕，使他無面子。

他任總統是因蔣經國去世，作為副總統補上的。任滿後，還要正式選舉。我在紐約召開記者會，公開支持他。我雖然反對國民黨，但鑒於台灣現實，由他連任，政局才會安定。因此受到台獨聯盟無情的攻擊。李當選後，他們都成為其最熱心的奉承者。他連任後，曾託人交一封信給他（不知道為什麼，此信全文曾在台北雜誌登載），信中建議（一）總統府太森嚴神祕，令人畏懼，總統親民，總統府應自由開放，任人參觀，最好每週舉辦音樂會，人民參加可唱流行歌曲。（二）政府文告要平易口語化，用庶民的語言。

最後通緝令撤銷，給我護照。我決定於一九九二年末回國。曾請吳澧培先回國，與各方接觸。吳與他會面，他相當冷淡，似有點困惑，說「他回來，要給他什麼工作，中央研究院院長嗎？」我終於回國，際遇立法委員選舉，歡迎群眾幾乎擠破機場，我下飛機也被擠得兩腳無法落地，官員怕「台獨」，大多不敢接近，只有立委候選人爭先恐後，要我站台助選。

回台後半年，被二十四小時監視跟蹤，不准上電視，任何一方都未曾來見。今昔不同，已不是單純的「同學」。一實為現任總統，一為前被追捕犯，如可見面，要談什麼。有一天他終於託人來說要我去他家裡，要我先到「中華文化發展委員會（會長黃石城）」躲藏，到了晚上八點以後他會派車接我，車窗要黑布遮起來，從外面看不到裡面，我聽了極不高興，見他要這樣偷偷摸摸，太無尊嚴，拒絕前往。此事耿耿於懷，曾告訴張榮發，他笑著說：「我去看他也是一樣。」

一九九六年台灣首次總統直選，我也登記參選，報名保證金一千五百萬台幣，這對我是天文數字，一輩子也未曾看到那麼多錢（告訴訪台的捷克議員，他們驚倒了）。不得不從辜寬敏、林敏生、林誠一各借五百萬，這是我一生首次而唯一借錢的經驗。電視舉辦候選人政見發表會，出場前在舞台後面與他碰面，兩人默默握手，幾近陌生人，這是我回國第一次看到他。在競選中，我們不作人身攻擊，我攻擊國民黨數十年的暴政，他反對台獨，媒體認為沒有火花，淡如水，不過癮而失望。競選準備當中，有一個有趣的插曲，經由一好友，傳來神祕的提議，說若我退選，可給五億台幣的代價，我開玩笑地試探：「十億怎樣？」神祕方面說：「先拿五億退選，另五億以後再商量。」這可能是國民黨做事的典型。

幾年後輪到連戰競選總統，彭榮次陪我到他家裡，以後就有時到他家聊天。有一次連戰也來，他記得其結婚典禮，我擔任介紹人，相當親切客氣說要聘我為資政，李說選後再說。連戰在台大時我是指導教授，很愛護他，他到芝加哥大學進修，我每到美國，都專程到芝加哥去看他。陳水扁當選後，國民黨鬧罷免，政局混亂，一個晚上陳總統來電，看我能否去請連戰調解，我即請我親戚也是連戰親信楊寶發，問他能否與我密會，連戰說他二十四小時周圍都有人，無法密會，此事就作罷。

他作為總統經常到各地考察研究，連各地的地質農產也都很清楚，他不是才華橫溢，才氣煥發型，而是默默耕耘，耐性堅實，持久做事，實為一位好總統。

連戰競選總統時，投票前幾天，我告訴他連戰必敗，要他做心理準備。他反駁，各管道的報告，都說連戰必勝（可見官僚報喜不報憂）。我寫信給他，「連戰落選後，黨內一定有許多人要你辭職，但為政局安定，切勿辭職，要堅持下去」。果然連戰落選，國民黨煽動群眾，包圍其官邸，叫囂他辭職，他終於受不了，狼狽辭職，退出國民黨，很冤枉。

一天他接受報社訪問，談到台獨，所說完全錯誤，我忍不住也在報上為文強烈批判。他很生氣，其後若有人對他提起我，他就發脾氣。數年彼此忌避。

我常說，有兩個互相矛盾的身分在李登輝的身上結合在一起。一是作為台灣人的李登輝，另一是作為中國國民黨主席的李登輝，前者要保護和伸張台灣人的政治權利即民主化，後者則為了「統一」中國，一些基本人權必須犧牲，他在此兩種立場上掙扎，天人交戰。

二〇一七年「喜樂島聯盟」在高雄成立，我倆都被邀參加，在舞台二樓休息時，他也進來，二人若無其事雜聊一下，這是最後看到他。

在台灣各方，經濟、政治、文化、社會的轉換時期，他站在過程中關鍵時點，主政成功，有形無形功勞甚大，相信在台灣歷史上，必將永久占有偉大地位。

——原載二〇二〇年七月三十一日《自由時報》

九 歌 文 庫 1 3 5 8

夢二途

國家圖書館出版品預行編目（CIP）資料

夢二途／李敏勇著 .-- 初版 .-- 臺北市：九歌出版社有限公司，
2021.07
面； 公分 .--（九歌文庫；1358）
ISBN 978-986-450-354-4（平裝）. --
ISBN 978-986-450-356-8（精裝）
863.57 110008665

作　　者 —— 李敏勇
插　　畫 —— 許育榮
責任編輯 —— 鍾欣純
創 辦 人 —— 蔡文甫
發 行 人 —— 蔡澤玉
出　　版 —— 九歌出版社有限公司
台北市 105 八德路 3 段 12 巷 57 弄 40 號
電話／02-25776564・傳真／02-25789205
郵政劃撥／0112295-1

九歌文學網 www.chiuko.com.tw

印　　刷 —— 晨捷印製股份有限公司
法律顧問 —— 龍躍天律師・蕭雄淋律師・董安丹律師
初　　版 —— 2021 年 7 月
初版 3 印 —— 2021 年 8 月
定　　價 —— 300 元（平裝）；350 元（精裝）
書　　號 —— F1358
I S B N —— 978-986-450-354-4(平裝)
978-986-450-356-8(精裝)